MISSIVA AO REBENTO

Sérgio Freeman

Capa: Sérgio Freeman
Revisão: Sérgio Freeman

ISBN: 978-85-923407-1-1

Brasília, DF, 2018
EDIÇÃO DO AUTOR

PREFÁCIO

Pais e filhos, companheiros de viagem. Essa expressão, título de um livro de Roberto Shinyashiki, é provavelmente a que melhor traduz a trajetória que um pai e um filho podem ter juntos. A analogia de uma "viagem" pela vida com uma viagem convencional é muito apropriada. Imagine-se numa viagem de carro, em férias. Há a expectativa de se chegar a um final coroado por momentos de alegria. Ou, pelo menos, com a sensação de realização, de dever cumprido. Durante o percurso, há surpresas – desagradáveis ou não – , momentos de euforia e momentos de cansaço; há certo risco, o que exige a atenção do motorista; há chuva, sol, noite, dia e um sem-número de variações de ambiente às quais temos que nos adaptar rapidamente; e há, principalmente, a convivência compulsória, quase ininterrupta, dos seres humanos que participam da jornada.

Esses atributos se convertem em oportunidade única de se conhecer melhor outra pessoa – por exemplo, seu filho: suas qualidades, suas potencialidades, mas, sobretudo, aquela essência, aquele brilho maravilhoso que brota de dentro dele graças a algum mistério divino.

Evidentemente, nem todos aproveitam a *viagem*. Há aqueles para quem ela significa apenas o tempo que se *perde* para se deslocar de um ponto a outro. São os que limitam sua função educadora à de meros provedores-disciplinadores e supõem que a natureza fará sua parte e transformará seu filho num homem bom e honrado – seja lá o que isso signifique para eles. Há também os que estão tão preocupados com as próprias carências que se esquecem das necessidades de seus companheiros de travessia.

Este livro trata da *viagem* que empreendi com meu filho que acaba de completar 18 anos. É, portanto, escrito no momento em que a mais importante etapa da jornada chega ao fim (sim, espero que ainda haja outras etapas pela frente) e coincide com o nascimento do meu segundo filho – prenúncio de uma nova *viagem*! Estão aqui registrados os momentos mágicos pelos quais passamos, momentos de intensa emoção – por vezes, momentos de intensa tristeza. É dirigido a ele, como uma carta, para que nunca apaguemos da memória todos esses períodos especiais que vivenciamos em nossa jornada como companheiros de viagem.

ÍNDICE

1. O ENCONTRO DE SEUS PAIS

Comecei a namorar Deise ainda muito jovem, com apenas 18 anos. Ela viera para Brasília com o propósito de fazer cursinho e vestibular, pois em sua cidade natal, Dores do Indaiá, não havia faculdades. Foi morar na casa de uma tia, de cuja família eu era amigo. Portanto, a conheci logo que chegou, e três meses depois já namorávamos.

Foram quatro anos e meio de namoro. Apenas o tempo suficiente para me formar, ter meu emprego e juntar os recursos necessários para comprar um mínimo de mobílias. Assim, aos 22 anos, em janeiro de 1983, nos casávamos na Igrejinha da quadra 107 Sul.

Foi tudo diferente, como bem queríamos. Frei Domingos, que conduziu a cerimônia, possuía estilo todo próprio de fazer sermão e era bem pouco formal. Durante o casamento, não houve aquelas cenas tão pouco naturais, como a em que os nubentes ficam repetindo, palavra por palavra, o que o padre disse, enquanto são induzidos a fazer, como autômatos, uma promessa que deve ser cumprida pelo resto de suas vidas. Apenas, em certo momento, ele se dirigiu a mim e perguntou:

- Você é livre aqui?

Assenti, e então a mesma cena se repetiu com sua mãe. Foi a forma que ele usou para que afirmássemos o compromisso que ali fazíamos. E isso em plena manhã de domingo, pouco depois das 10h (coitadas das convidadas mais vaidosas, devem ter acordado às 5h e marcado cabeleireiro para as 7h!).

O início de nossa vida a dois foi bastante apertado. Nosso salário de recém-formados era baixo, mas nunca nos faltou o básico. Apenas tínhamos que levar uma vidinha bastante regrada, como, aliás, todos os casaizinhos que conhecíamos.

Morávamos na quadra 216 da Asa Norte, num apartamento de dois quartos: o quarto do casal, um bem pequeno de tevê, sala, banheiro, cozinha, área de serviço e banheiro de empregada. Foi nesse apartamento que, depois de três anos de casamento, você foi recebido em nossas vidas. A tevê foi para a sala, e o quarto pequeno passou a ser o seu quartinho.

2. A CONCEPÇÃO

O início de junho de 1985 trouxe dias dos mais frios da história de Brasília. No dia 5, os termômetros da cidade apontavam 5°, e nós estávamos acampados fora da cidade, numa fazenda perto do Gama, na região chamada Bela Vista. Para nós, que ali já tínhamos ido diversas vezes, era o camping do Natalino, nome do proprietário. Naquele local, soubemos depois, a temperatura chegara a 3°!

Foi nessa noite fria que você foi concebido. Sua mãe tomava pílulas anticoncepcionais e, a cada seis meses, fazia um intervalo de 60 dias para preservar o organismo. Nesses intervalos, usávamos a chamada "tabelinha" – que indicava o período fértil em que relações deveriam ser evitadas – ou preservativo. Pois bem, aquela era uma noite do período fértil, e, depois de muita cerveja e vodka, nos esquecemos da prevenção. Lembro-me que, ao fim do ato sexual, sua mãe disse:

- Ixi! Hoje não podia!

Por isso sabíamos o dia exato de sua concepção. Na verdade, já não evitávamos a gravidez com o rigor adequado. Aquele intervalo já tinha mais de dois meses e, no mês anterior àquele, perdêramos um neném. Naquela oportunidade, depois de alguns dias de atraso da menstruação, marcamos consulta com a ginecologista. Na véspera da consulta, à noite, sua mãe teve um pequeno e estranho sangramento. Quando a médica a examinou, confirmou que ela engravidara e perdera a criança – será que era você, tentando vir logo? Parece que sim, pois só se passou mais um mês, e lá estava ela, grávida de novo!

Como eu tinha convicção do dia de sua concepção, falava para todo mundo que você nasceria no dia 5 de março. Fiz uma conta simples: concepção mais nove meses. A conta feita pelas mulheres e seus médicos é mais enjoada. Contam quarenta semanas – o que dá 280 dias –, mas a partir da última menstruação (início ou fim?), o que acaba por corresponder a algo entre 265 e 270 dias de gestação.

Para minha surpresa, você nasceu no dia 2 de março, três dias antes da minha previsão. Somente uns dez anos depois resolvi refazer os cálculos considerando os meses com 31 dias. Foi então que descobri que, se contarmos 270 dias a partir do dia 5 de junho, chega-se exatamente ao dia 2 de março. Era para eu ter cravado o dia do seu nascimento, mas não o fiz por uma mera simplificação de contas.

3. A GESTAÇÃO

A gravidez de sua mãe foi muito, muito tranquila. Ela parecia flutuar, com um semblante de paz, amor e realização.

Começamos a preparar seu quarto, com móveis em pínus (madeira clara, muito usada em móveis na época) e cortinas verdes, como os enfeites para o berço. Essa cor foi escolhida porque não sabíamos seu sexo até o parto. Preferimos a surpresa.

Seu nome já estava escolhido havia muito tempo. Achávamos que viria primeiro uma menina, que se chamaria Ellie; depois, um menino, que se chamaria Danny; e, se por acaso viesse um terceiro bebê, brincávamos que se chamaria Daniele, numa mistura dos outros dois nomes. Durante a gravidez, eu afirmava para todos que nasceria uma menina, pois havia observado essa coincidência com todos os casais mais próximos, bem como com seus avós – de ambos os lados – e seus tios: sempre vinha uma menina primeiro.

De qualquer modo, como eu só demonstrava essa certeza diante dos outros, apenas para fazer onda, provoquei uma conversa séria com sua mãe sobre seu nome. No Brasil, ao contrário de muitos outros países, Danny é um nome predominantemente feminino. Conhecia apenas um Danny até então: o namorado de uma colega nossa de faculdade. No mais, era usado por mulheres, especialmente como apelido das "Danielas". Isso poderia lhe causar constrangimentos, especialmente na escola, quando novos professores perguntassem *pela* Danny e os colegas rissem. Propus, então, dar-lhe o nome de Dênis.

Ainda durante a gravidez, fizemos sua primeira filmagem. Kellen, ex-chefe de sua mãe no Cemede, e o marido, jornalista que comandava um programa esportivo local, viabilizaram e comandaram esse seu primeiro registro. Cemede era o Centro de Medicina Desportiva do DF, local onde sua mãe trabalhou antes de ir para o BFC – Banco Federal de Crédito para ganhar pouco mais da metade do salário anterior, por questão de estabilidade.

Não faltava muito para você nascer quando esse casal foi à nossa casa e preparou tripé, montou a iluminação e instalou a câmera. Mas o que ficou realmente "instalado" foi o ambiente de pouca naturalidade. Parecia que estávamos num estúdio de tevê. Não sabíamos, mas ainda iria piorar quando começassem as perguntas, todas do tipo "quais são as suas perspectivas para o futuro do seu filho?". Caramba, será que não dava para o sujeito perguntar simplesmente "como vocês estão se sentindo, como estão vivendo este momento?", ou seja, uma questão aberta, que nos permitisse expressar o que efetivamente desejávamos?

Bom, o resultado só não foi dos piores porque sua mãe se saiu muito bem. É com essa cena que começa a primeira das três fitas VHS que mostram sua vida até os 10 anos de idade.

4. O NASCIMENTO

Exatamente uma semana antes de você nascer, passamos por grande susto. Íamos nos encontrar com Clóvis e Simone, casal muito amigo na época, num barzinho no Centro Comercial Gilberto Salomão, num sábado à noite. Saí da L2 Sul e tomei a descida da então chamada "ponte nova" (hoje, é a ponte do Pontão). Dei uma esticada na aceleração e coloquei o carro em ponto morto – hábito adquirido à época por causa das crises de petróleo. Estávamos num Chevette 85, meu primeiro carro zero quilômetro, então com 10.000 quilômetros rodados. Quando nos aproximamos do viaduto da Avenida L4, a uns 90 quilômetros por hora, num breve instante em que os faróis em sentido contrário não nos ofuscaram, deparei com chapas de compensado colocadas verticalmente na pista, para bloquear a passagem.

A decisão teria de ser tomada em um décimo de segundo: frear, ciente de que não pararíamos a tempo e atravessaríamos as chapas de madeira, ou tentar virar à direita em alta velocidade, como se fosse pegar a L4 em sentido sul. Decidi – por puro reflexo – pela segunda opção.

Ao virar bruscamente à direita, o carro derrapou e ficou de lado, em posição quase perpendicular à pista. Para tentar corrigir, virei à esquerda, mas exagerei no movimento, e o veículo ficou novamente de lado, agora ao contrário, enquanto avançava pela alça de ligação entre a descida para a ponte e a Av. L4. Acabamos por subir no talude gramado ali existente. Virei de novo para a direita e, já com a velocidade mais baixa, consegui retornar à pista, depois de andar com o carro inclinado no talude.

Não dá para lembrar com detalhes aqueles momentos, mas boa parte de tudo isso eu fiz com a mão esquerda no volante e a direita segurando a barriga de sua mãe. À época, não havia lei e nem hábito que nos fizessem usar cinto de segurança, e nunca ouvíramos falar em **air bags**.

Algo muito misterioso aconteceu naquela noite. Quando íamos atingir o meio-fio e subir no talude, vi que bateríamos num poste de iluminação que surgira bem à frente do capô do carro. Não entendi por que não batemos. Parece que "alguém" tirou esse poste da nossa frente...

Quando consegui parar o veículo, confirmei que sua mãe estava bem e desci do carro. Procurei pelo amassado próximo ao farol esquerdo, pois cogitei termos atingido o poste de raspão. Estranhei, quando nada vi. Comecei a andar em direção à pista interrompida, momento em que minhas pernas começaram a tremer fortemente. Um veículo parou, e o motorista perguntou se precisávamos de ajuda. Agradeci. Cheguei à barreira de compensados, a uns 50 metros de onde meu carro havia parado. Observei que as placas eram furadas no meio, onde se encontravam lâmpadas cobertas por pequenas bacias plásticas vermelhas. Acompanhei com os olhos os fios que saíam por detrás dos furos e constatei que eles acabavam num ponto qualquer do asfalto. Desligados!

Notei ainda que no pé da ponte, mais de 100 metros abaixo, encontrava-se uma viatura da polícia, parada, com suas luzes acesas. Revoltei-me. De que adiantava estarem ali, longe do ponto de desvio do trânsito?

Voltei ao carro, comentei com sua mãe o que vira e pus o veículo em marcha. Devagar, atento a eventuais danos na suspensão. Tomei a L4, fiz o primeiro retorno e parei junto à conversão – obviamente bloqueada – que levaria à ponte em obras, a uns 30 metros da viatura policial. Saí do Chevette e me dirigi aos policiais, bravejando logo ao chegar:

- Vocês não viram o que aconteceu ali em cima?

Apenas me olharam, surpresos. Prossegui:

- Quase uma mulher grávida de nove meses morre, e vocês aqui, batendo papo?!? E quem foi o irresponsável que deixou as luzes de advertência desligadas?

- Isso não é responsabilidade nossa, e sim da firma que está fazendo a obra.

- Porra, mas se aquela merda está apagada, vocês têm que pegar a porcaria desse carro – apontei a viatura – e colocá-lo lá em cima, para alertar as pessoas do obstáculo!

Enquanto me virava e iniciava a volta a passos largos para meu carro, ainda completei:

- Vou ligar para o comando da polícia e avisar que, se alguém se machucar aqui, será por causa da incompetência de vocês.

Por sorte – pensei depois –, eu não estava lidando com policiais arrogantes ou truculentos, pois, se assim, fosse, poderiam ter-me criado sérios transtornos em razão da minha forma de falar com eles!

Tomei o volante de novo e fiz outro retorno na avenida para me dirigir à ponte do Gilberto. Ao passar próximo ao local das obras, vi que a viatura policial se deslocava até o local do bloqueio da via. Mas o problema não foi definitivamente resolvido, porque, ao passar pelo mesmo ponto na semana seguinte, durante o dia, parei para olhar de perto as marcas de pneu no gramado do talude – registro de nossa aventura – e notei inúmeros estilhaços de vidro de faróis espalhados pelo chão. Outros carros não tiveram a nossa sorte.

Bem, não sei se uma descarga violenta de adrenalina num feto de nove meses provoca alguma coisa, mas, se um dia você descobrir a resposta, saiba que, com toda a certeza, foi receptor de uma dessas.

Uma semana depois desse incidente, você nascia. Sua mãe começou a ter contrações quando ainda era madrugada (lembro-me de termos transado na véspera, antes de dormir). Esperamos amanhecer e telefonamos para a obstetra, que falou para nos dirigirmos à Clínica Daher, no Lago Sul. Na época, funcionavam na Daher apenas maternidade num andar e cirurgia plástica em outro, o que a tornava muito aconchegante.

Por volta da hora do almoço – quando as contrações uterinas estavam bem frequentes –, suas avós já se encontravam no hospital, assim como Kellen, que filmaria o parto. Eu também já estava autorizado a presenciar seu nascimento. Eram 2h da tarde quando fomos para a sala de parto. Depois de alguns minutos, a médica começou a orientar sua mãe quanto aos procedimentos para você nascer. Eu me mantinha junto à cabeceira, a lhe segurar a mão.

Passada meia hora, nada de você dar o ar de sua graça. A doutora pediu então às duas auxiliares presentes para que, uma de cada lado da cama e com os braços entrelaçados, empurrassem para baixo a barriga de sua mãe durante as contrações. A cena à qual eu passei a assistir não tinha mais a ternura esperada.

Parece que o método não surtiu efeito. Notei que a médica já se mostrava preocupada, pois colocava a todo o momento um aparelhinho na barriga, para auscultá-lo. Não faltava muito para as 4h quando ela mandou alguém ir avisar ao anestesista que iríamos precisar dele ali. "É, vamos partir para a cesariana", pensei.

Sua mãe já estava esgotada, depois de hora e meia de trabalho de parto. Incentivada pela obstetra, fez mais um esforço, e, finalmente, você resolveu vir ao mundo. Afastei-me um pouco da cabeceira, de modo a ver sua chegada. Vi quando a doutora fez um corte em sua mãe e passou a puxá-lo. Tinha dificuldades. Quando finalmente conseguiu, notei que seu braço direito deu uma tremida, em função da grande força feita pela médica, pois a posição dele é que retardou sua saída. Foi nesse momento, soubemos depois, que você quebrou a clavícula. Eram 16h (na verdade, 15h, pois estávamos em horário de verão). Não sei se eram 16h em ponto, porque a ansiedade do momento me impediu de conferir.

Deixei a cabeceira e me dirigi ao pediatra, que o recebia das mãos da obstetra. Observei quando ele o deitou de lado para limpá-lo. Você chorava a plenos pulmões. Nem poderia ser diferente, pois ele o deitou exatamente sobre a clavícula fraturada! Quando o levaram, voltei à cabeceira de sua mãe, cujo semblante estava tranquilo. Transmitia o alívio de quem sentia que cumprira a missão. Também, pudera, durante meses ela se preparara para o parto normal, tendo feito até ginástica específica para isso.

5. A APREENSÃO

Ainda um tanto abobalhado pela experiência vivenciada, dirigi-me, logo que levaram sua mãe para o quarto, ao estacionamento da clínica, a fim de fumar e relaxar. Kellen chegou até mim e fez mais uns minutinhos de filme, ocasião em que ironizou meu erro quanto ao seu sexo.

Quando adentrei novamente o hospital, soube que você tinha sido levado para a incubadora. Medida comum e preventiva, disseram, motivada pelo estresse do parto e com duração prevista de 12 horas. No início da noite, outra novidade: fomos informados de que você quebrara a clavícula ao nascer. Desconfiaram disso durante os testes rotineiramente feitos nos bebês, e uma radiografia de seu tórax havia confirmado a fratura.

Inicialmente angustiados, logo fomos tranquilizados pelo pediatra. Ele afirmou que nenhuma providência seria necessária, uma vez que o típico crescimento rápido de ossos de crianças promoveria a consolidação da ruptura, sem necessidade de gesso. Apenas um alfinete deveria prender seu pulso à roupa, à altura do estômago, de modo a evitar movimentos amplos do braço. Depois desse esclarecimento, sua mãe me olhou aliviada. Seria duro vê-lo engessado ainda tão pequenino!

Mais tarde, fui para casa. Sua avó dormiria na clínica com sua mãe.

No dia seguinte, apressei-me para ir logo à Daher e encontrá-lo no quarto com a mãe. Ao chegar, uma decepção: levaram-no até ela para mamar, mas, logo em seguida, de volta à incubadora.

Chamamos o pediatra de plantão para nos explicar o que estava ocorrendo. Segundo ele, você apresentava uma pequena dificuldade respiratória, com frequência em 160 por minuto, quando o padrão para recém-nascidos era 120. Acrescentou que isso era normal nas primeiras 24 horas de vida. "Bem, são apenas mais 12 horas", pensei.

Cheguei até a vidraça do berçário, de onde o via, e notei ser possível medir sua frequência respiratória pelo movimento de sua barriga. Contei 160 por minuto, conforme dissera o pediatra. Eu ainda não sabia que repetiria essa avaliação por algumas dezenas de vezes.

Já à noite, questionamos o novo médico plantonista – eles se revezavam a cada 12 horas – quanto à sua recuperação. Obtivemos como resposta que seu quadro era estável e que a dificuldade respiratória era normal nas primeiras 36 horas de vida.

No dia seguinte, ao chegar à Daher, nova decepção: você continuava na incubadora. Tiravam-no de lá apenas para mamar. Fui até a vidraça do berçário e medi sua frequência: 156. Abaixara, mas muito pouco. Chamamos o pediatra e pedimos esclarecimentos. Ouvimos que isso era normal nas primeiras... 48 horas de vida. Quase perguntei a ele se tínhamos cara de palhaço, pois a cada 12 horas aumentavam o mesmo tempo para aquela previsão do "estresse pós-parto".

Logo em seguida, fiquei a sós com sua mãe e falei-lhe que era hora de tomarmos uma atitude. Consultar um médico externo, por exemplo. Ela então sugeriu que chamássemos o Dr. Jéferson, que fora escolhido para ser seu pediatra por indicação da obstetra. O único problema era que ele ainda nem sabia disso.

Ligamos e, para nosso alívio, ele concordou em nos visitar naquela mesma tarde. Pediu apenas para dizermos que éramos primos, pois tinha certa amizade com o Dr. Daher – cirurgião plástico, um dos proprietários da clínica – e não queria que interpretassem sua presença como uma intervenção no trabalho deles.

Foram longas horas de expectativa até a chegada de seu pediatra. Depois de lhe explicarmos tudo o que ouvíramos naqueles dias, ele se dirigiu à saleta do pediatra plantonista, junto o berçário, onde analisou em sua ficha todos os procedimentos adotados até então. Ao retornar ao nosso quarto, sentou-se no sofá e pediu que ficássemos tranquilos, pois os médicos da clínica estavam fazendo o acompanhamento recomendado para a situação, a qual, por seu turno, não era motivo para grandes preocupações. Era necessário aguardar e observar.

Despedimo-nos do Dr. Jéferson imensamente agradecidos – afinal, não é comum um médico encontrar espaço em sua agenda para atender a uma mãe preocupada que nem mesmo conhece. Não se pode negar, por outro lado, ter restado uma pontinha de frustração pelo fato de o problema não ter sido esclarecido.

Minutos depois, dirigi-me à vidraça do berçário e, quando avaliava sua respiração, notei a presença de um médico diferente junto ao pediatra. Ele levantava uma radiografia contra a luz e voltava a abaixá-la, enquanto falava ininterruptamente. Quando saiu, procurei me informar com a enfermeira e soube tratar-se do Dr. Daher.

Voltei ao quarto e, pouco depois de comentar o fato com sua mãe, entrou o pediatra, dizendo:

- Tenho novidades para vocês. Ao reavaliar a radiografia de seu filho, notamos que ele está com pneumomediastino, e é essa a causa da dificuldade respiratória.

- E o que vem a ser isso? – perguntamos.

- É uma bolsinha de ar formada entre os pulmões, comum nos recém-nascidos. Não há nada a fazer. O próprio organismo vai absorvendo lentamente esse ar. Vocês apenas devem evitar que o bebê fique em locais abafados, já que a dificuldade respiratória vai persistir por algum tempo. Mas hoje mesmo lhe daremos alta.

- E como vocês descobriram? – questionei.

- O Dr. Daher visitou hoje o berçário e quis dar uma olhada no caso. Ao analisar a radiografia da clavícula, notou o pneumomediastino, não apontado no laudo radiológico – esclareceu o médico, logo antes de deixar nosso quarto.

Mal o pediatra se retirou, virei-me para sua mãe e comentei:

- Dá até para imaginar. O cara pega uma radiografia de um bebê, vê a clavícula quebrada e nem dá bola para o resto.

Em seguida, falamos da "coincidência" de o dono da clínica descer para avaliar seu caso pouco depois da visita de um médico externo. Sem dúvida, a presença do Dr. Jéferson acabou por provocar um rápido resultado.

Ainda tratávamos desse assunto quando entrou uma enfermeira trazendo você todo embrulhadinho. Pela primeira vez desde seu nascimento, estávamos felizes, sem apreensões, doidos para ir logo para casa e apresentá-lo ao seu quartinho!

6. SOBRE O ENDEUSAMENTO A QUE NOS LEVA A IGNORÂNCIA

Os médicos, talvez por se ocuparem de uma ciência complexa e da qual depende a vida, são normalmente assaz endeusados. Não são muitas as pessoas que têm consciência de que os profissionais da Medicina são falíveis como quaisquer outros profissionais. Os muito bons erram pouco, os mais fraquinhos erram mais. Como qualquer um. Por isso, em se tratando da vida de alguém, é incompreensível como, pelo menos no Brasil, não se tem o hábito de se ouvir uma segunda opinião quando o caso se reveste de razoável gravidade.

Nas civilizações antigas, era comum as decisões importantes para a comunidade serem tomadas por um conselho de anciãos. Uma tradição injustificável aos olhos dos jovens, pois a estes parece apenas um estorvo seu grupo prescindir da ousadia, da agilidade e do vigor de uma liderança jovem.

Mas o tempo é, de fato, um grande mestre. O problema é que só *com o tempo* descobrimos isso. As vivências, as observações feitas ao longo da vida, transformam os que têm olhos de ver em sábios. Não me refiro àqueles sábios que têm uma explicação metafísica para tudo, mas tão-somente ao ser humano comum que perde seu véu de ignorância. Importante passo nesse processo é exatamente perceber que, quando desconhecemos uma matéria, tendemos a endeusar quem a conhece. E é *com o tempo* que passamos a conhecer algumas matérias.

Um episódio vivido por mim pode ilustrar o que pretendo dizer. Em fins de 2001, descobri que possuía um osteoma no seio frontal esquerdo da face (ou seja, na testa, logo acima do olho). O primeiro otorrino que me atendeu afirmou ser necessário extraí-lo. Para tanto, e para evitar uma cicatriz na testa, faria uma incisão no alto da minha cabeça, de orelha a orelha, e rebateria meu couro cabeludo até descobrir a testa, para então fazer um furo no osso e extrair o tumor. Depois, fecharia tudo, e eu levaria pontos de orelha a orelha. Saí da consulta chocado!

Como se tratava de um tumor benigno cuja necessidade de extirpação devia-se apenas ao fato de não poder crescer mais (estava, então, em forma oval, com 2 x 2,5 centímetros), resolvi ouvir outras opiniões. Cerca de um mês e meio depois, havia estado com quatro otorrinos em Brasília. E cada um me disse uma coisa diferente. O mais bem recomendado deles – professor e chefe de equipe de um hospital conceituado da cidade – afirmou que eu não precisava remover o osteoma, mas apenas monitorá-lo.

Estava perplexo com tão divergentes diagnósticos quando soube que o bam-bam-bam no assunto – otorrino especializado em cirurgia da cabeça – era um sujeito de Belo Horizonte. Resolvi consultá-lo, e sua recomendação foi fazer a cirurgia, pois apesar de não existir um quadro de dor, o tumor já havia vedado o canal de comunicação com a fossa nasal, o que provocava retenção de muco. Isso deixaria a região em risco, no caso de uma infecção. Mostrou-me a tomografia por mim levada e explicou:

- Branco é osso; preto é ar; cinza é líquido. Seu seio frontal já está cheio de líquido, que é o muco.

Cada vez mais surpreso com a diversidade de diagnósticos, resolvi expor este último ao tal "mais recomendado" de Brasília. Ele analisou novamente as radiografias e afirmou:

- Não há muco, porque não há nível.

Questionei se ele chamava de nível a linha superior do muco, a divisa entre líquido e ar, como num recipiente pela metade de água. Ele confirmou, enquanto me mostrava a inexistência do tal nível.

Mas, ora, se a área estava totalmente preenchida com o muco, como poderia haver o bendito nível?

Nesse momento, já estava assustado. Quanto mais eu explorava o assunto, pior ficava. Resolvi, então, consultar o radiologista do hospital onde fiz a tomografia: afinal, aquela área em torno do osteoma está preenchida com líquido ou ar? "Líquido", respondeu o especialista, "pois está cinza". Ao ouvir esse laudo, decidi operar em BH. Além de autor do único diagnóstico consistente, o cirurgião de lá faria um pequeno corte próximo à sobrancelha, de onde teria acesso e extrairia o osteoma. Assim fiz. E levei apenas quatro pontos.

Minha conclusão: há médicos em Brasília que sequer sabem interpretar uma radiografia.

Tenho outro exemplo, este com contadores. Ao fazer o cursinho para o concurso do TCU – Tribunal de Contas da União, tive cerca de 30 horas-aula de Contabilidade. Desde então, nunca mais vi um balancete correto da firma da qual eu era sócio.

Também estudei um pouco de Direito e descobri serem poucos os bacharéis que sabem o que estão falando. Na verdade, nem nos meus colegas engenheiros se pode confiar cegamente.

E o que dizer do trabalho dos jornalistas, nos jornais e revistas? As pessoas pensam que os veículos de comunicação sérios são absolutamente confiáveis, não é? Pois quando se conhece bem um assunto, vê-se que não é bem assim. O trabalho relacionado a auditoria de obras pelo qual fui responsável no TCU tinha muita repercussão na imprensa, e eu ficava abismado com a quantidade de informações erradas ou distorcidas que era publicada. Li também uma reportagem de um quarto de página, feita a partir de uma hora de entrevista com um colega que perdera um filho no hospital por negligência médica, e fiquei surpreso ao ver como alguém consegue fazer um resumo tão diferente dos fatos.

Toda essa experiência veio me mostrar que basta entendermos razoavelmente bem de qualquer assunto para observarmos o quão pouco confiáveis são os "especialistas". Em contraposição, costumamos endeusá-los quando cegos pela ignorância. E não há nada *como o tempo* para desenvolvermos olhos de ver.

7. UM BEBÊ TRANQUILO

Depois de seus primeiros meses, já próximo de 1 aninho, você se mostrava uma criança muito tranquila. Nos fins de semana, acordávamos ouvindo-o "cantando". É isso mesmo! Você acordava e, em vez de abrir o berreiro, como a maioria, ficava olhando os enfeites do seu berço e "cantando" ou "conversando". Quando, depois de cerca de meia hora, entrávamos no seu quarto, éramos recebidos com um radiante sorriso.

Até meados de seu primeiro ano, no entanto, tudo foi mais difícil. Infecções de garganta e ouvido se sucediam, o que nos deixava transtornados. E dá-lhe antibiótico! Com poucos meses de vida, você teve que enfrentar uma série de oito injeções – duas por dia –, pois os antibióticos administrados por via oral não estavam fazendo o efeito desejado. Depois da quinta injeção, dava dó! Suas nádegas estavam endurecidas pelas aplicações anteriores, e o farmacêutico da 215 Norte as apalpava sem encontrar um bom local para a seguinte. Até ele se amargurava com seu suplício. Quando nos via adentrando a farmácia, seu semblante tornava-se sombrio, triste...

Por causa desse problema, você ficou apenas dois ou três meses em sua primeira creche. Nessa época, eu e sua mãe trabalhávamos muito, por salários apenas razoáveis. Ela trabalhava oito horas por dia; eu, umas dez. Por isso, antes de completar 5 meses, você começou a passar o dia inteiro na creche. Sua mãe o levava às 8h da manhã, pegava-o ao meio-dia, deixava-o de novo às 14h e buscava-o, por fim, às 18h. Era uma correria danada! Além disso, à noite e na hora do almoço, Deise tirava leite do peito para levar à escola (até completar 5 meses, você só tomou leite materno; entre 5 e 8 meses, já comia outros alimentos; depois disso, largou o peito).

Como na creche todos os bebês levavam os mesmos brinquedos à boca, você pegava um resfriado depois do outro, e isso provocava as infecções de garganta e ouvido. Seu pediatra acabou por pedir que o tirássemos de lá.

Por sorte – ou seria a Sabedoria da Existência a agir? –, poucos meses antes havíamos contratado uma doméstica que se mostrou bastante confiável. Daí, pudemos passar a deixá-lo em casa, o que também contribuiu para diminuir a correria de sua mãe.

Mas você era um bebê tranquilo, apesar desse começo de vida tumultuado, que incluiu alguns passeios e viagens, digamos, pouco usuais. Nas suas 5 semanas de vida, o cometa Halley iria passar próximo à Terra, e era grande a expectativa para vê-lo. Fomos, à noite, a uma chácara atrás da QI 27 do Lago Sul, onde encontramos um grupo de amigos para um "churrascometa". Comemos, bebemos, mas ninguém viu o cometa. Essa foi sua primeira saída a altas horas da noite, ao ar livre.

Ainda em abril, com apenas 1 mês, você foi com sua mãe a Belo Horizonte. Foi de carro, com seus avós maternos, e na volta fez sua primeira viagem de avião.

Mas a maior aventura ocorreu em junho, quando você completou 3 meses: fomos a Cumbuco, próximo a Fortaleza, quando aquilo não passava de uma vila de pescadores. Não havia bares, lanchonetes, nada assim. Apenas um restaurante no qual, se alguém quisesse jantar, precisava passar de dia e dizer o que iria comer e a que horas. Na praia, das casinhas geminadas de pescadores, saíam as mesas, cadeiras e bebidas que eram distribuídas pela areia. Não havia barracas de praia de fato.

Detalhe importante é que fomos até lá de Chevette, sem ar condicionado ou outros confortos. Foram 2.400 quilômetros de viagem, vencidos em dois dias. No carro, estávamos eu, sua mãe, você e a então empregada de Daisy, sua tia. Daisy e o marido também foram ao mesmo destino, mas de avião. Para você, aliás, havia uma vantagem: leite à vontade! A tal doméstica também estava com um bebê em casa e não queria voltar sem leite no peito. Então, você tinha que mamar nela também. Ainda bem que, na época, você não percebia o quanto a pobre coitada era feia!

8. SOBRE O EFEITO DAS VIAGENS NA MENTE

Você viajou muito, desde pequeno, mas talvez não tenha observado o efeito mágico que as viagens produzem nas pessoas.

Não tive a mesma sorte. Quando ainda criança, as dificuldades financeiras de minha família impediam os passeios. Já adulto, comecei a trabalhar no início de 1981, como estagiário em uma construtora (antes, já havia trabalhado dos 13 aos 17 anos). Daí até janeiro de 1988, tirei apenas 40 dias de férias, principalmente devido a mudanças de emprego. Em compensação, desde então divido minhas férias e viajo no mínimo duas vezes por ano. Já você, desde cedo viajou muito. Conheceu o litoral desde Santa Catarina até o Ceará, algumas chapadas no interior do país e foi três vezes ao exterior.

Para avaliar o efeito das viagens – apenas as de férias, que fique claro – nas pessoas, é necessário que sejam feitas de carro. Explico: uma viagem de carro (de, pelo menos, uns 500 quilômetros) representa exatamente a transição entre o período de trabalho – com suas preocupações, horários, contas a pagar, etc. – e o período de férias – com preocupações tão simples que parecem relaxamento mental.

Nos 200 quilômetros iniciais, ocorre a primeira fase. Você dirige preocupado com o que deixou para trás: se tomou todas as providências no trabalho, se pagou todas as contas, se deixou comida suficiente para o cachorro, se desligou o gás e as luzes, etc. Ao final dessa primeira fase, resta na mente apenas aqueles problemas mais complexos: tento mudar de setor na empresa? Demito o fulano? Faço a reforma de que a casa precisa? – aos quais você dedica alguns longos minutos. Note que os pensamentos são como uma teia de assuntos – sua vida profissional, familiar, social, espiritual e física – dos quais tendemos a tratar paralelamente, mesmo estando eles interligados, pois há interdependências e sobreposições.

Na segunda fase – digamos, nos 200 quilômetros seguintes –, você deixa de lado todo aquele emaranhado de preocupações e passa a se concentrar na viagem propriamente dita. Passa a observar o comportamento do carro e a pensar no seu "plano de voo": será que estou ouvindo um barulhinho diferente no motor? O carro não está puxando um pouco para a direita? Qual é o melhor posto para pararmos? A gasolina é suficiente para chegarmos até ele? Quantos quilômetros por litro o carro está fazendo? Mantido este ritmo de viagem, a que horas chegaremos à próxima cidade? E em nosso destino? Perceba que, agora, os pensamentos não mais se assemelham a uma teia, mas a algo muito mais linear. Você se preocupa apenas com sua viagem, nada mais. Isso já significa grande descanso para a mente.

Na última fase, agora com várias horas acumuladas no trajeto, uma entre duas opções ocorre: a primeira é o quase esvaziamento de sua mente, quando seus pensamentos se limitam à paisagem em torno ou à música que toca no som do carro; a segunda é a entrada num estado quase meditativo, quando você acha algo importante do seu passado que se encontrava abandonado nos porões de sua memória. Pode ser uma paixão antiga, uma atitude da qual você se arrependeu, uma briga com uma pessoa querida... Em suma, algo mal resolvido num passado mais distante.

Essa é uma oportunidade preciosa de entender um episódio antigo. Quase todo o mundo sabe que, quando se está no meio de uma tormenta emocional – isso é facilmente percebido nas crises conjugais –, não se conseguem ver as coisas com clareza. Alguém de fora da relação compreende, sem dificuldades, o processo que levou a tal tormenta e o que fazer para sair dela, mas quem as vivencia sequer entende os conselhos ouvidos. O passar do tempo propicia a distância necessária para se fazer a releitura dos fatos com isenção emocional, como se você estivesse "de fora". A viagem de carro facilita que seja feita essa releitura, em função do efeito que provoca na mente.

Uma última vantagem: ao se chegar ao destino (uma praia, uma montanha) você percebe que se transpôs lentamente de uma situação a outra e já está pronto para usufruir suas férias. Ao viajar de avião, você chega ao seu destino ainda impregnado pelas preocupações, pelos compromissos, pelas pendências que deixou (ou melhor, *deveria* ter deixado) para trás.

O último alerta: se o viajante é daqueles que "não gostam de pensar nessas bobagens", "o que passou, passou, deixa isso para lá", ou se, simplesmente, não deixa sua mente vagar pelo caminho há pouco descrito, cuidado! Muitas horas de viagem provocarão um baita estresse!

9. VOCÊ NA TELA

Seu nascimento coincidiu com o período em que se popularizaram os videocassetes e, em menor escalas, as filmadoras em VHS. Elas eram bem caras, mas sempre conhecíamos alguém que poderia nos emprestar. Particularmente, abusei da boa vontade de Gouveia, dono de uma construtora que prestava serviços para o Banco Blaston, onde eu trabalhava, e tomei-lhe a filmadora por empréstimo em diversas ocasiões.

Em decorrência disso, sua infância está bem registrada. A primeira fita se inicia, como já mencionei, com uma entrevista com sua mãe grávida; depois, seu demorado parto; daí até o fim da fita, seu primeiro ano de vida. A segunda, por coincidência, registra seu segundo ano, indo até seu aniversário de 2 anos, o primeiro com festa de verdade. A terceira vai até sua formatura de quarta série, ou seja, quando você já estava às portas da adolescência.

Nosso primeiro aparelho de videocassete já existia antes de você nascer. Era a febre de consumo da época. Foi comprado na Zona Franca de Manaus, aonde eu ia a trabalho umas duas vezes ao ano, por 400 dólares. Em Brasília, custava por volta de 600 dólares. Troquei várias vezes de modelo (a evolução tecnológica era rápida!) até adquirir o que ainda estava conosco até você ficar adulto: um **hifi** estéreo produzido para o sistema brasileiro, ao preço de 900 dólares.

É incrível lembrar desses valores, quando você pode comprar, hoje, um aparelho de DVD por 100 dólares.

De volta aos seus filmes, lembro-me de estabelecer que você os ganharia de presente ao completar 15 anos, sem assisti-los até lá. Assim foi feito (depois, guardaríamos aquelas fitas com extremo zelo até seus 21 anos, quando então fizemos cópias digitais).

Sua história também está registrada em fotografias. No "álbum da minha vida" – constituído em 1991 e que resume a *minha* história – podem-se encontrar todos os seus eventos: batizado, aniversário, festa na escola, etc.

Algumas fotos são marcantes, como aquela em que você está dando arroz para os pombos, ou a que registra seu primeiro dia de aula. A primeira o mostra em pé, em cima de uma cadeira junto à janela da sala do apartamento da 216 Norte, dando arroz para os pombinhos que habitavam o prédio da frente. Eles voavam até quase a sua mão, para comer. Você chegava à janela e gritava "bimbinho!", e lá vinham eles. Ver a foto me faz lembrar perfeitamente daquela cena, tão singela, porém tão marcante.

A segunda é, na verdade, uma sequência de fotos que começa com você vestindo, pela primeira vez, seu uniforme da São Camilo e termina com sua chegada à escola. Sua alegria naquelas imagens é contagiante! Você estava prestes a completar 3 anos e, ao contrário da traumática primeira tentativa, estava realizando um sonho ao ir para a escola. Nas semanas anteriores, você e sua mãe haviam visitado diversos estabelecimentos, e era evidente sua ansiedade para conhecer um punhado de novos amiguinhos. A São Camilo foi a escolhida, e lá você viveria grandes emoções.

Nessa escola você conheceu aquele que, por cerca de oito anos, seria seu melhor amigo: Adriel. Vocês ficaram tão próximos que, por volta dos seus 9 anos de idade, a cada fim de semana um dormia na casa do outro. Em consequência, tornamo-nos amigos dos pais dele, Aline e Harmon, e essa amizade perdurou por décadas.

Mas vamos voltar às fotografias. Ainda muito cedo, você demonstrou ser extremamente observador no que concerne à operação de equipamentos, e o uso de máquina fotográfica é exemplo. Há uma foto em meu álbum tirada por você em janeiro de 1988, ou seja, antes de completar 2 anos. Há outra, e essa tirada bem de longe, em Caldas Novas, quando você tinha 3 anos. E foram bem tiradas! É bom lembrar que estamos falando de uma época em que se usavam filmes, antes das máquinas digitais, então não era possível treinar ou bater várias fotos para depois escolher uma.

Sinais de inteligência e sensibilidade acima da média também se mostravam no zelo que você aprendia a ter com as coisas. Dizíamos para você pedir, quando quisesse, para colocarmos fita no videocassete, até que, certo dia, você insistiu em colocar sozinho, afirmando saber fazê-lo. Com surpresa, o vi seguindo todos os passos corretamente. E isso, apesar de o aparelho ficar numa estante alta, o que o obrigava a ficar na ponta dos pés e operá-lo pelo tato, pois não enxergava os botões. Ao terminar de assistir a uma fita, não deixava de rebobiná-la e guardá-la na caixinha. Tudo isso com apenas 3 anos de idade!

Quando você já tinha 4 anos, compramos nosso primeiro CD **player** (era novidade, à época), e a história se repetiu: poucas semanas depois, você já manipulava perfeitamente o aparelho e os discos. Pegava-os sempre sem lhes tocar as faces, com o dedo indicador no furo central e o polegar a pressionar a borda. As pessoas notavam que havia alguma coisa de especial naquela criança...

10. SOBRE A VIOLÊNCIA

Um dos paradoxos de nossa sociedade atual é sua relação com a violência. Há uma centena de anos podia-se, sob diversos pretextos – a defesa da honra, por exemplo –, até matar legalmente outro ser humano. Hoje, qualquer agressão física pode motivar um processo judicial.

O respeito pela vida e a defesa da não-violência chegaram a tal ponto que maltratar um animal é crime. Como reflexo dessa mudança cultural, nota-se que as brigas entre jovens – colegas na saída da escola, adversários depois do jogo de futebol, etc. – reduziram-se nitidamente. Apenas na periferia das grandes cidades isso ainda é corriqueiro. Convém deixar claro que me refiro aqui apenas ao adolescente comum, visto que as exceções constituíram gangues, as quais alcançaram um nível de sofisticação do ódio e da maldade impressionante.

Mas o paradoxo está no fato de a violência contra a criança, no meio familiar, ser plenamente tolerada, às vezes até estimulada. Um deslize no comportamento é o suficiente para provocar um comentário do tipo "esse menino está precisando de umas palmadas!". Quem será que concluiu que pancada educa? E será que, como consequência, entende-se que quem apanhou muito se torna um ser humano melhor?

Ora, até os presidiários, se na cadeia apanharem, encontrarão ávidos defensores de seu direito "a um tratamento digno e humano". Já as crianças... A menos que a surra dada pelos pais deixe sequelas, eles terão agido no seu direito.

Há cerca de duas décadas, surgiram os defensores do "psicotapa". Seu conceito seria: um tapa aplicado exatamente na medida da necessidade de inibir certo comportamento da criança. Não deixou de ser uma evolução, pois há menos de meio século os pais costumavam agredir seus filhos com a ajuda de objetos destinados a aumentar a dor infligida: chinelo, palmatória, vara de bambu, cinto. Deste, inclusive, nasceu a expressão "vou dar um couro nesse menino". A propósito, bater com cinto não faz lembrar pelourinho, escravos, certas atitudes do ser humano que hoje envergonham a civilização? Pois é, mas bater com cinto num adolescente era normal até há poucos anos.

Mas o tal do psicotapa tem um problema: só existe na teoria. Ora, quando é que você viu alguém, no mais pleno controle emocional, dar um tapa numa criança ajustando o momento, a intensidade e a serena explicação do castigo à exata necessidade do pequeno infrator? Eu, nunca! Pois as pessoas não batem na medida do erro cometido pela criança, mas na medida da raiva que estavam sentindo naquele momento.

Por outro lado, quantas vezes você viu uma mãe dizer apenas "fulano, não faça isso!" diante de uma ação grave (tentar dar uma vassourada no irmão menor, por exemplo), ou então descer a mão diante de falha pequena e involuntária (como deixar cair um copo com suco)? Eu, muitas. Os adultos batem, quase sempre, para descarregar sua raiva, não para corrigir o filho.

Penso que, no futuro, a humanidade nos olhará com os mesmos olhos que vemos a civilização de 150 anos atrás, com seus escravos, com as esposas subservientes chamando os maridos de "senhores", com a discriminação social e racial. Verá um bando de ignorantes, de semisselvagens.

Li, há muitos anos, o livro de certo psiquiatra já então idoso, que reafirmava por páginas e mais páginas que não se devem castigar as crianças. Surpreso, eu devorava o livro ansioso por encontrar a fórmula mágica para educação e disciplina sem castigo. Depois de meio livro, deparei com um trecho no qual ele afirmava que, em vez de castigar, era muito mais eficaz deixar a criança isolada no próprio quarto por certo tempo. Só aí entendi e concordei. Castigar, para ele, significava impingir dor física! Por outro lado, privar a criança do que gostaria de fazer era apenas "dar um tempo".

Deixar a criança de castigo – da forma que entendo o termo, ou seja, fechá-la no quarto por certo período – tem grandes vantagens adicionais. Primeiro, você se afasta da criança no momento crítico do conflito, o que evita que você diga – ou melhor, *grite* – algo de que vai se arrepender mais tarde; segundo, porque ambos têm a oportunidade de refletir com calma, o que, em geral, promove a conscientização do exagero cometido. Por exemplo: a criança admite que não deveria mesmo ter agido como agiu; a mãe admite que estava nervosa naquele momento.

Pode-se, dessa forma, estabelecer a disciplina e mostrar à criança a existência de limites a serem respeitados sem, simultaneamente, ensinar-lhe que a violência e a força física são instrumentos dos quais devemos lançar mão para resolver nossos problemas e diferenças.

A tolerância à violência doméstica me permitiu ouvir uma verdadeira pérola, numa viagem a Manaus, há muitos anos. Estava sentado num bar, à noite, na companhia de uma moça, seu irmão e a respectiva esposa. Todos na faixa dos 20 e tantos anos e haviam puxado conversa comigo por terem me visto bebendo sozinho.

A certa altura do bate-papo, a moça afirmou que seu irmão, então recém-formado em Filosofia, era descontrolado. Em uma séria discussão com outro irmão, um ano antes, em casa, teria pegado uma cadeira e a atirado contra a vidraça da janela. O jovem filósofo virou-se para mim e disse:

- Não é absurdo, isso? No auge de uma briga familiar, pego uma cadeira e jogo contra a vidraça, numa forma de descarregar a raiva que sentia naquele momento. Daí me chamam de louco. Se eu tivesse jogado a cadeira no meu irmão, ou se lhe tivesse dado um soco, então eu seria um ser humano normal. Não lhe parece absurdo?

Tive que concordar. Inexplicavelmente, agredir um ser humano fazia mais sentido do que dilapidar o patrimônio.

11. NÓS E A VIOLÊNCIA DOMÉSTICA

Talvez tomado por certa revolta por ter apanhado um bocado da minha mãe – da última vez, já com 11 anos, ela me catou pela orelha à porta de casa por eu ter demorado 15 minutos para obedecer a seu comando de ir comprar pão para a família –, pensava muito em como agiria quando tivesse meu próprio filho.

Preciso, aqui, fazer um parêntese para registrar meu inconformismo com mais uma injustiça. Como eu era o filho mais novo, não sei em decorrência de que lei, era obrigado a ser o **boy** da casa: ir comprar isso, buscar aquilo... No episódio que acabo de citar, eu estava no meio de uma partida de futebol ("golzinho", no asfalto, entre meu prédio e o da frente) quando minha mãe gritou da janela que era para eu ir comprar o pão do lanche da tarde. Respondi:

- Já vou, deixa só acabar esta partida.

Depois de 15 minutos, fui recebido em casa com a aludida agressão. Não importava que minha irmã, apenas dois anos mais velha do que eu, estivesse à toa em casa, com sua então habitual postura de dondoca. A obrigação era só minha, mesmo que eu tivesse que abandonar o jogo bem no meio. Por essas e outras, nunca entendi por que diziam ser o caçula o protegido, o mimado da casa.

Bem, vamos voltar ao nosso caso. Já pelos meus 20 anos, defendia a seguinte tese: deve-se bater em criança – palmada na mão ou no bumbum – até 2 anos de idade. A partir dos 3, a criança entende o que falamos e consegue, por sua vez, se comunicar suficientemente bem. Não adianta falar para a criança de dez meses para não enfiar o dedo na tomada porque "faz dodói". Então, um tapa na mão bem no momento do ato serve como desestímulo (puro behaviorismo, é assim que se condicionam ratos e outros bichos em laboratório). Convenci sua mãe, e assim agimos com você.

Foi marcante para mim o dia em que quase lhe bati pela última vez. Estávamos de férias em Maceió. Saímos cedo do apartamento alugado e caminhávamos pelos dois quarteirões que nos separavam da praia da Jatiúca. Você sempre carregava alguma coisa, e dessa vez levava a parte de baixo do cano do guarda-sol.

Como você, na verdade, brincava com ele enquanto andávamos, bateu o cano em minha perna. Chamei-lhe a atenção. Um ou dois minutos depois, fui novamente atingido. Por reflexo, virei-me para você já com meu braço direito levantado, cruzado no peito, prestes a bater-lhe no rosto com o dorso da mão. Nesse instante, fiquei paralisado, chocado com o meu próprio gesto. Uma reação de pura violência, o que não era, definitivamente, uma característica minha.

Baixei o braço e, surpreso comigo mesmo, continuei a andar. Nos minutos seguintes, relembrei toda a minha teoria sobre bater em crianças e atinei que você já estava com 2 anos e 11 meses, ou seja, apenas um mês a menos do limite estabelecido por mim mesmo. Foi essa a última vez em que quase lhe bati.

Posso garantir que os tapas – e sei lá o que mais – que você deixou de receber desde então não fizeram a menor falta. Suas punições passaram a ser apenas a suspensão de algumas de suas atividades prediletas. Coisas como "se tirar nota abaixo de 6 na escola, fica uma semana sem computador" (registre-se que, até o início de sua adolescência, o computador era apenas seu depositório de jogos eletrônicos). A intenção subliminar era mais no sentido de que uma parte do tempo dedicado a jogos precisava ser direcionada a estudos.

Provavelmente em decorrência dessa postura de não violência, você não brigava na rua, algo na época ainda comum. Nem por isso deixou de ter coragem. Lembro-me de uma cena marcante, quando ainda morávamos na Octogonal, nos seus 9 anos, ocorrida no espaço asfaltado abaixo da nossa janela chamado de quadradão. Você dava voltas em sua bicicleta, enquanto outro garoto, um pouco maior, fazia o mesmo na dele. Uma menina pequena brincava num canto. O tal garoto passou a assustá-la. Fingia tentar atropelá-la a cada volta. Você pedalava devagar, enquanto observava atentamente a cena. A certo momento, a menina passou a correr pelo quadradão, fugindo da bicicleta que a ameaçava, enquanto gritava para o garoto parar com aquilo. Você pulou de sua bicicleta, postou-se diante dele, segurou o guidão e impediu o garoto de prosseguir. Sem falar nada. Ficou apenas olhando para ele, sério e impassível.

Da janela de casa, eu observava aquele quadro e pensava: "caramba, Dênis, você nunca brigou na vida, e o garoto é maior do que você!". Depois de alguns intermináveis segundos, nos quais o provocador fitava-o, gritando "o que foi!? o que foi!?", ele simplesmente puxou e virou a bicicleta de lado, resmungou alguma coisa e saiu pedalando para outro canto da quadra. Você se dirigiu à sua **bike**, levantou-a do chão e voltou a pedalar. A menina havia se afastado do local. Já eu, voltei a respirar, inchado de orgulho.

Exemplo oposto era o seu primeiro melhor amigo, Gui, que já aos 2 anos agredia todos os coleguinhas por qualquer razão, inclusive você. Também, pudera, já nessa idade ganhara dos pais um par de luvas de boxe. Que não se conclua desse comentário que alguma vez aderi a essa bobagem de manter a criança longe dos símbolos da violência. Você ganhou, quando assim desejou, seu revólver, seu arco e flecha, seus bonecos de super-heróis, etc. A diferença é que esses brinquedos se prestam a ações que se dão no campo da fantasia, enquanto luvas de boxe destinam-se ao uso na vida real.

Os psicólogos se dividem em relação a isso. Uns acham que dar esse tipo de brinquedo às crianças incentiva a atitude violenta; outros, que as crianças extravasam a violência por meio deles. Já eu, concluo: tudo bobagem. O que pode tornar uma criança violenta é o seu mundo real. É a violência que ela vê dentro de casa, pelas atitudes de seus pais, irmãos, parentes e amigos próximos. É ver como seus pais reagem a cenas de novelas ou filmes, quando estes mostram que os problemas devem ser resolvidos pela força. Já fantasia é fantasia.

Para finalizar este capítulo, registro que apenas uma vez depois de completar 3 anos você apanhou. De sua mãe, bem à minha frente, para minha tristeza, pois assim ela quebrava um pacto feito por nós (mais tarde eu descobriria que quebrar pactos se tornaria um hábito dela). Aquela cena, para mim, era apenas a confirmação da minha teoria: ela o agrediu motivada e na medida da raiva *dela*, e não da necessidade de corrigir um comportamento seu.

Só mais uma informação relevante: ao criar seu irmão, descobri que nem mesmo os tais tapinhas antes de 3 anos são necessários.

12. FATOS CURIOSOS

Na viagem a Maceió há pouco comentada, ocorreu uma cena que, além de curiosa, demonstra como éramos pais de uma criança tranquila. Certa noite de carnaval, saímos para tomar cerveja em algum quiosque à beira-mar, entre Pajuçara e Ponta Verde. Você acabou por adormecer no colo de sua mãe, que o colocou no banco traseiro do carro, estacionado junto à calçada, a uns 10 metros de nossa mesa. Cerca de meia hora depois, eis que surge um trio elétrico no começo da avenida, arrastando-se lentamente em nossa direção. "Danou-se, Dênis vai acordar", pensamos.

O carnaval de Maceió era bastante fraco, e havia não mais que 100 pessoas acompanhando o trio. De nossa mesa, olhávamos o tempo todo para o carro, na expectativa do momento em que seu rosto assustado surgiria na janela.

Quando o trio chegou a 50 metros, o barulho era ensurdecedor. Já não conseguíamos conversar. Levantei-me, então, e postei-me ao lado da porta do carro, observando-o e pronto para acalmá-lo quando acordasse. Com o trio a 20 metros de distância, passei a sentir meu corpo vibrar em sintonia com as batidas graves da música. Encostei a mão no carro e vi que também ele vibrava. Você permanecia dormindo.

Mais alguns minutos, o caminhão nos alcançou. Passou, sempre lentamente, a menos de 1 metro do carro. E você continuou dormindo! Aguardei mais um tempo – pelo menos até que eu e o carro parássemos de vibrar – e voltei à mesa, surpreso com o ocorrido. Nada como o sono dos justos. O sono tranquilo de uma criança que teve um dia cheio e cansativo.

***

Nessa mesma época, ainda um pouco antes de você entrar para a escola, vivemos algumas semanas com uma empregada que não me lembro de onde viera. Era uma senhora de idade já avançada, negra (é, é assim que se tem que dizer atualmente, porque "preta" virou palavrão, e "velha", socialmente inadequado falar – mas trataremos disso mais adiante), de cabelos grisalhos, baixa, um pouco obesa e de movimentos lentos. Também usava óculos.

Ela tomou conta de você por várias tardes. Nessa época, sua mãe saía para o trabalho ao meio-dia, e pouco depois eu chegava para almoçarmos juntos. Em seguida, escovávamos os dentes e deitávamos juntos no sofá. Enquanto eu cochilava, você assistia ao Chaves, por meia hora. Aí eu voltava ao trabalho (semanas depois, passei a deixá-lo na São Camilo no caminho).

Pois bem, logo no primeiro almoço preparado por essa senhora, cheguei em casa e deparei com a mesa já posta, muito bem arrumada. Entre outros pratos, havia uma travessa inox com batatas assadas. Sentei-me, estiquei o braço esquerdo para puxar a travessa para mais perto e... queimei os dedos! Pensei "caramba, a mulher botou a travessa no forno!". Levantei-me, então, e estiquei o braço direito para alcançar a colher para nos servir e... queimei os dedos da outra mão! "Puxa, a mulher botou a travessa *com a colher* no forno!". Agora eu tinha certeza: a tal senhora não regulava muito bem.

Ao chegar ao trabalho, naquela tarde, liguei para sua mãe e disse-lhe estar preocupado com que tipo de imprevisto poderia acontecer com vocês dois sozinhos em casa. Essa empregada ainda ficou alguns dias conosco, até arranjarmos outra solução. E seu anjinho da guarda, certamente, teve dias trabalhosos.

***

Em janeiro de 1990 fizemos algo raro: viajamos sozinhos – eu, você e sua mãe. Conseguimos reservar a concorridíssima colônia de férias do Blaston em Itanhaém. Lá, pegamos seis dias de tempo nublado, com chuvas esparsas. Apenas no último dia atravessamos o portão que dava bem na praia, por ter surgido um belo sol. De qualquer forma, concluímos ter tido sorte, pois na colônia havia brinquedos, jogos, muito espaço para as crianças correrem, quadras de esporte, etc. Ou seja, um bom lugar para se estar com tempo ruim. E a praia, afinal, era horrível! Areia escura, batida, e mar cinzento.

Pretendíamos, depois dessa semana, subir a serra do Rio de Janeiro. Pegamos a Rio-Santos e rumamos para o norte. Com o tempo agora claro, fizemos uma viagem maravilhosa. Serra e mar de cor linda, sob belo céu azul ponteado de nuvens brancas.

Resolvemos, graças a esse clima convidativo, parar no caminho e curtir a praia. Escolhemos o hotelzinho chamado Pôr-do-Sol, no extremo da Praia Grande, em Ubatuba. Ali, passamos três dias numa praia que era o oposto de Itanhaém: mar azul esverdeado com ondas, areia branca, enfim, excelente (pelo menos em dias úteis, pois em finais de semana, soubemos, paulistas invadiam a área, que ficava superlotada).

Pegamos novamente a estrada, dessa vez para Nova Friburgo. No caminho, o estranho comentário de sua mãe: "Deveríamos fazer isto mais vezes, viajarmos só nós três. A gente não tem que se preocupar com os outros, pode mudar de planos...". Pensei muito naquilo, pois poderia significar uma nova fase de convivência entre nós. Mas o fim daquele ano mostraria que eu estava enganado.

Em Nova Friburgo, o ponto alto da viagem para você: o minigolfe! Você brincava um pouco pela manhã na piscina – onde conhecemos um casal, com duas crianças – e lá íamos nós jogar golfe. Há fotos desses momentos. Por muito tempo, quando íamos viajar ou nos hospedar em algum hotel, você perguntava se teria minigolfe. Pena, nunca encontramos outro igual.

***

Sempre achei que você carregava um arzinho triste em seu semblante. Mas, na verdade, aos 4 anos você já sabia o segredo da felicidade: não cultivar o desejo por aquilo que não possui. Na terceira e última das fitas VHS de sua infância, há um trecho do qual nunca esquecerei: Filmávamos em seu quarto – bem pequeno, por sinal (2,40 metros por 2,50 metros) –, e você mostrava seus diversos brinquedos à câmera. A certa altura, sua mãe lhe pergunta:

- Como você queria que fosse o seu quarto?

Certamente ela esperava ouvir que deveria ter uma tevê com videogame ali, uma prateleira com bonecos acolá (acho que os da moda eram os Cavaleiros do Zodíaco). Você ouviu a pergunta, deu uma olhada em torno e, com um ar surpreso, respondeu:

- Ué, deste jeito mesmo!

Sentimo-nos dois adultos típicos, tolos, que, em vez de apreciar o que possuem, fixam a mente no que gostariam de possuir.

13. UMA NUVEM NEGRA SOBRE NOSSAS VIDAS

No final de 1990, um período difícil teve início em nossas vidas: no último dia de novembro, eu e sua mãe iniciamos nosso processo de separação, que se concretizou pouco mais de dois meses depois, no carnaval de 1991, quando saí de casa.

Foram tempos dramáticos, nos quais, assim me pareceu, as desgraças se sucediam, o que me exigiu tremendo esforço para manter a saúde mental. Você foi deixado em segundo plano, enquanto procurávamos digerir nossos problemas. Reavaliávamos os 12 anos de convivência e tentávamos vislumbrar alguma possibilidade de reconciliação – ou, talvez, estávamos apenas em busca de coragem para o rompimento definitivo.

Todo esse drama está narrado em outro livro, o qual não sei se você já terá lido ao abrir este. Aqui, importa lembrar apenas dos fatos ocorridos a partir de quando você foi informado do que se passava, pouco antes de minha mudança – aliás, *nossa* mudança.

Na véspera do carnaval de 1991, deixei você e sua mãe no aeroporto. Iam para Belo Horizonte, passar a semana com seus avós. Passei o dia seguinte juntando minhas coisas para me mudar provisoriamente para a casa do meu irmão. Roupas, livros, objetos pessoais, o aparelho de som, algumas fotografias... A música *Trocando em miúdos*, de Chico Buarque, não saía da minha cabeça.

Eu vou lhe deixar a medida do Bonfim
Não me valeu
Mas fico com o disco do Pixinguinha, sim?
O resto é seu

Trocando em miúdos, pode guardar
As sobras de tudo que chamam lar
As sombras de tudo que fomos nós
As marcas de amor nos nossos lençóis
As nossas melhores lembranças

Aquela esperança de tudo se ajeitar
Pode esquecer
Aquela aliança, você pode empenhar
Ou derreter

Mas devo dizer que não vou lhe dar
O enorme prazer de me ver chorar
Nem vou lhe cobrar pelo seu estrago
Meu peito tão dilacerado

Aliás
Aceite uma ajuda do seu futuro amor
Pro aluguel
Devolva o Neruda que você me tomou
E nunca leu

Eu bato o portão sem fazer alarde
Eu levo a carteira de identidade
Uma saideira, muita saudade
E a leve impressão de que já vou tarde

A cada disco, a cada livro em que eu punha meus olhos e avaliava se levaria ou não, um trecho da música reverberava em minha mente. Estava sozinho nas *sobras de tudo o que chamam lar*. Folheava os álbuns de fotografias, para escolher algumas para ficar comigo, ao tempo em que via ali as *nossas melhores lembranças... as sombras de tudo o que fomos nós...*

Depois de levar tudo para o carro, voltei uma última vez. Passei em cada cômodo do apartamento em que havia vivido os últimos oito anos. Onde cada móvel, cada eletrodoméstico, cada enfeite, foi festejado ao ser a ele incorporado. Onde comecei a construir um castelo que agora via desmoronar diante de meus olhos.

Ao sair, pensei que talvez nunca mais entrasse ali. Seria melhor assim. Sem mais lembranças, sem ver as modificações que o ambiente sofreria dali por diante. Fechei a porta *sem fazer alarde*.

Uma semana depois, você voltou e ficou comigo, pois sua mãe seguiu para outra viagem – alegou que precisava espairecer, coitada, dado o estresse que havia enfrentado –, com previsão de retorno em dez dias.

O apartamento de seu tio, para onde fomos, estava sem móveis – sua esposa o havia deixado semanas antes. Então, enquanto aguardava você voltar da casa dos avós, comprei uma geladeira – você não vivia sem suas quatro "guegueias" de banana por dia – e uma tevê, pois havia também o hábito de assistir às fitas infantis.

Suas aulas haviam começado, então a rotina era deixá-lo cedo na casa de minha mãe, ir trabalhar, voltar e almoçar com você, deixá-lo na escola e pegá-lo no fim do dia para irmos para casa. No caminho, comprávamos algo para comer à noite.

Era uma grande luta para não deixar a tristeza tomar conta de nós. Vivemos num quarto daquele apartamento, com uma estante, a nova tevê, o vídeo e o som que trouxera de casa e um colchão de solteiro no chão, no qual dormíamos. Havia todos os ingredientes para ser deprimente. Para completar, a energia daquele local ainda trazia os resquícios do drama que ali tivera lugar semanas antes.

Reuni forças para superar aqueles dez dias, quando então você retornaria ao seu próprio quartinho na – agora – casa de sua mãe. Nesse mesmo período, ultimava as negociações para aquisição de um apartamento na Octogonal, onde passaria a viver minha vida de solteiro.

Uns dois dias antes do retorno previsto de sua mãe, ela ligou e, depois de falar com você, chamou-me ao telefone para comunicar que só retornaria na semana seguinte. Perguntei se ela havia se esquecido de que o próximo sábado seria o dia do seu aniversário de 5 anos. Ela apenas respondeu que não. Desliguei o telefone inconformado com a demonstração de egoísmo e falta de sensibilidade.

Bem, agora eu tinha um novo problema. Deise só chegaria a Brasília no dia do seu aniversário, e eu sempre ressaltava a importância de manter suas referências, ou seja, desconstituído seu espaço "lar-pai-mãe", era importante lhe mostrar que os demais aspectos da vida (família, escola, amigos, festas) não mudariam.

Portanto, era necessário fazer sua tradicional festinha temática, por mais simples que fosse.

Passei a semana a pesquisar salgados, doces, bolo e enfeites para a festa. Na hora do almoço, íamos às lojas dar uma espiada. Você escolheu Rambo como tema, aí encomendamos tudo.

Chegou o sábado, e foi de muita correria. Seu aniversário seria comemorado no salão de festas do bloco da 210 Norte onde seu tio Fred acabara de alugar um apartamento de um quarto para sua nova vida. Naquele dia, pela manhã, depois de deixar cerveja e refrigerante no freezer do salão, fretei uma Kombi para fazer minha mudança para a Octogonal, para o apartamento que comprara. No caminho, passei numa loja e acrescentei um colchão de casal à carga da Kombi. Quando terminei de organizar minimamente minhas coisas no novo lar, já era hora de ir pegar os enfeites, instalá-los e buscar os salgados.

Todos os nossos amigos e parentes compareceram, inclusive os por parte de sua mãe. Nem parecia ter havido a recente separação, exceto pelo comportamento dela – sempre sentada, como se fosse apenas mais uma convidada. Na hora de cantar parabéns, ambos ficamos a seu lado, como se estivesse tudo normal.

Ao final da festa, você foi com sua mãe para casa, e eu, depois de arrumar tudo – sempre com a ajuda de alguns amigos –, fui para minha primeira noite no novo apartamento. Era tudo muito estranho. Não havia cortinas. Na sala, duas cadeirinhas de praia em frente à estante. Isso e os poucos utensílios faziam aquilo parecer mais um acampamento do que uma casa. Mas eu estava satisfeito por ter conseguido meu espaço, por ter cumprido meu papel em relação ao seu aniversário – aliás, durante a festa sua mãe veio me cumprimentar por ter conseguido prepará-la em apenas seis dias – e por estar iniciando uma nova etapa em minha vida.

***

O ano de 91 foi difícil. Nossa rotina e nossos projetos iam mudando ao sabor das alterações de personalidade de sua mãe, que em pouco tempo deixou claro que sua prioridade era o novo namorado.

Propus, de início, que você passaria comigo um dia útil da semana. Assim, eu o pegava na escola às quartas-feiras e devolvia na mesma escola às quintas, depois de almoçarmos na sua avó Ilka. Quanto aos fins de semana, o combinado era alternarmos os dias: numa semana, o pegaria na sexta e devolveria no sábado à noitinha; na outra; pegaria no sábado e devolveria na manhã de segunda-feira. Ocorre que, pouco tempo depois de iniciarmos esse esquema, sua mãe passou a receber a visita do namorado, que morava em Goiânia, praticamente todos os fins de semana. Assim, quase semanalmente ela me ligava e sugeria que eu ficasse com você da sexta à segunda. Ou seja, mesmo sua guarda tendo ficado, oficialmente, com ela, você passava metade dos dias comigo.

Em algumas raras vezes, quando eu já tinha feito algum compromisso na sexta, deixava-o com sua avó e pegava-o mais tarde. Certa vez, ao buscá-lo na escola e contar meus planos, ainda dentro do carro, você chorou sofridamente, enquanto pedia para ficar comigo. Não se tratava de birra, até porque você tentou segurar o choro enquanto pôde. Eu ia encontrar os amigos PC e Elisa num bar, daí condicionei levá-lo à sua promessa de não reclamar até a hora de irmos embora. Lá fomos nós, e você ficou, por mais de quatro horas, sentadinho em sua cadeira, apenas manuseando algum objeto sobre a mesa, ou respondendo quando alguém lhe perguntava algo. Isso aos 5 anos! Era de partir o coração...

Ao tentar compreender sua atitude, concluí que você queria manter-se próximo de mim, com medo de "perder o pai", visto que você sentia, de certo modo, que havia "perdido a mãe".

Registre-se que tivemos também muitos fins de semana alegres. Num dia, íamos ao clube; no outro, almoçávamos na casa de sua avó, onde você se encontrava e brincava com suas primas. Quando o almoço era no meu apartamento – que também chamávamos de *nossa* casa, já que você passava metade do tempo ali –, geralmente comprávamos uma carne de sol completa na 111 Sul e, à noitinha, você me ajudava a lavar a louça. Mais tarde, filme no vídeo, e eu de garganta seca, por ler em voz alta as legendas, como fazia havia um bom tempo. No ano seguinte, você aprenderia a ler, aí eu poderia descansar.

***

Apesar dessa aparente harmonia, a "nuvem negra" teimava em não se dissipar. Nos bastidores, alguns fatos muito me preocupavam. Certa vez, o namorado de Deise passou algumas semanas trabalhando em Brasília. Você, então, acabou por conviver um bocado com o casal, e notícias preocupantes chegavam ao meu conhecimento.

De sua própria mãe, ouvi que estavam consumindo uma caixa de cerveja (24 garrafas de 600 ml) e 2 litros de gim por semana. Por outras fontes – especialmente sua tia Daisy –, que também faziam uso de maconha e cocaína dentro de casa. Soube ainda que sua mãe fumava maconha na sua frente – ela fizera isso, com naturalidade, numa visita à casa de PC e Elisa.

Para piorar, o casal tinha um relacionamento sadomasoquista. E não era apenas brincadeira, fantasia para estimulação erótica. Já haviam se agredido e jogado objetos um no outro, também na sua presença. Senti-me obrigado a tentar alguma coisa, e isso significava tomar sua guarda e disciplinar as visitas de sua mãe.

Depois de consultar dois advogados, concluí que o risco era muito grande. Um deles avaliou em 5% minhas chances de obter a guarda, a menos que eu conseguisse um flagrante de drogas dentro de casa. Cheguei a pensar em contratar um detetive para essa tarefa. Mas, imaginei, se não obtivesse sucesso, sua mãe iria limitar nossa convivência para se vingar de mim. Era um preço muito elevado.

Numa manhã ensolarada de sábado, no início do segundo semestre, eu o peguei e levei para minha nova casa – agora mais arrumada, com cama de casal, sofás na sala, etc. Quando subia a pista da Água Mineral, você soltou uma bomba: contou que Deise lhe dissera que pretendia se mudar para Goiânia. Minha reação imediata foi dizer:

- Deixe-a ir, deixe-a fazer o que quiser da vida.

Alguns segundos depois, você começou a chorar, aí acrescentei:

- A gente pode viver muito bem aqui, aí ela vem te visitar nos fins de semana.

Você, já então num choro nervoso, quase gritou:

- Ninguém vai me visitar, não!

Esperei que você se acalmasse. Enquanto isso, pensava em como era surpreendente a lógica infantil. Para você, essa mudança significaria uma perda definitiva.

Ao chegarmos à nossa casa, concentramo-nos nos trabalhos caseiros. Você sempre me ajudava – a montar móveis, a instalar um filtro, uma nova luminária e coisas assim. Sem voltar ao assunto, passei o dia revoltado com mais aquela novidade de sua mãe. Não me conformava com o fato de que, tão logo ela tinha uma ideia como essa, ia logo compartilhar com o filho de 5 anos, insensível aos receios e às angústias que poderia provocar.

No dia seguinte, ao ligar para Deise para combinar a hora em que o levaria de volta, questionei-a a respeito da data da pretendida mudança. Ouvi como resposta que seria em janeiro e, para minha agonia, que tencionava levá-lo. Foi um choque para mim. Agora, *eu* é que estava sob risco de perder meu filho. E, caramba, você viveria naquele ambiente pernicioso quase ininterruptamente!

Por uns dois meses, fui me preparando para o pior. Aliás, aquele último ano havia me mostrado que, por pior que estivessem as coisas, elas sempre podiam piorar ainda mais.

Decidi não pressionar sua mãe, com receio de ela radicalizar sua posição. Numa conversa posterior, apenas questionei, com o maior tato possível, se ela não achava ruim, para você, perder as referências (escola, amigos, vizinhos, primos, tios) num momento ainda tão delicado. Ela respondeu, como era usual, que não havia motivo de preocupação, pois você estava aceitando tudo muito bem, que estava ótimo, etc. Penso que essa era, de fato, sua atitude diante dela: ao ouvi-la contar planos que tanto o assustavam, você tentava corresponder à sua expectativa e demonstrava aceitar tudo com maturidade e resignação. Dessa forma, não a decepcionava, o que poderia significar risco de perdê-la completamente. Ao me encontrar, compartilhava suas angústias.

Um mês depois, sua mãe me ligou e me convidou para irmos a um bar conversar. Ela fazia isso quase mensalmente. Dado o período complicado pelo qual passávamos, preparei-me muito para esse encontro. Mentalizava permanecer calmo e tolerante, por pior que fosse a notícia recebida. Ao mesmo tempo, ficava imaginando que nova má notícia Deise poderia me dar.

14. O NIRVANA

A essa fase de minha vida – o segundo semestre de 1991 – eu costumo me referir como meu nirvana. Consegui atingir um nível de equilíbrio, de paz, de compreensão, impressionante. Estava praticamente imune às agressões dos outros. Não mais cumpria o papel esperado nos joguinhos emocionais das pessoas. Quando alguém, numa discussão, se exaltava e acrescentava algumas farpas a seus argumentos para me atingir, eu me calava por alguns instantes. Assim, dava-lhe oportunidade de prosseguir, até ter certeza de que a pessoa tinha desabafado todas as suas mágoas, seu rancor, sua agressividade. Só então retorquia, quase sempre com frases como "acho que você tem razão em diversos pontos... Como você acha que poderíamos consertar essa situação?... De que forma você pensa que eu deveria reagir num caso como este?...".

Em outras palavras, em vez de justificar minha atitude e minha opinião, agarrado a elas e com o firme objetivo de vencer a discussão com argumentos consistentes – certamente acompanhados de um pouco de veneno em retribuição às farpas recebidas –, despojava-me disso e focava minha ação na busca da solução a partir – e isso é o mais importante – do ponto de vista do meu interlocutor. Devo confessar que ter lido o livro *Tornar-se pessoa*, de Carl Rogers, anos antes, foi fundamental para esse aprendizado.

Essa postura desarma qualquer adversário em potencial. É como se ele se aproximasse com pedras na mão, e você, alheio a isso, a ele se dirigisse com um sorriso e o convidasse a um abraço. A eficácia dessa estratégia é impressionante. Dá dó ver seu interlocutor desconcertado ao tomar consciência de que sua agressão passional foi retribuída com um gesto de gentileza e maturidade.

Ao agir assim, você se sente realmente superior ao ser humano comum. Você enxerga o que quase ninguém enxerga. O curioso é que, paradoxalmente, para chegar aí você precisa de uma boa dose de... humildade. E olha que essa, confesso, não era uma das minhas qualidades.

Foi uma boa época, aquela! Filas de banco e engarrafamentos eram meras oportunidades de aproveitar a ocasião para refletir sobre algo, conhecer alguém, ler alguma coisa... Eu aceitava e efetivamente aproveitava o momento. Nada daquela angústia provocada pela incerteza de como cumpriria o compromisso de mais tarde.

Foi aí também que comecei a aprender a observar e a respeitar a Sabedoria da Existência, não só por reconhecer os bons episódios que a Vida nos oferece, como também por criar a consciência de que nada do que acontecesse de ruim representa um fim em si mesmo. Depois do choque inicial provocado por um infortúnio, meu pensamento era: "bem, o que será que a Vida está querendo me ensinar com isso?". Aprendi que a aparente desgraça de hoje pode ser uma etapa necessária para o sucesso de amanhã. Descobri que a Existência conspira para a nossa felicidade.

15. A NUVEM COMEÇA A SE DISSIPAR

Retornemos ao encontro marcado por sua mãe para a tal conversa no bar. Lá fui eu encontrá-la, na Asa Norte. Cheguei mais cedo e finalizei minha concentração, até ficar apto a ouvir qualquer absurdo sem contestar. Aliás, por essa época, comecei a pensar com meus botões se ela não fazia tudo aquilo para testar meu limite, para provocar uma reação irada, de modo a se convencer de que se separar de mim tinha sido a atitude mais sensata, "visto tratar-se de um radical, um intratável, etc.". Não podia deixar de lembrar de Raul Seixas, na música *Por quem os sinos dobram*:

"*É sempre mais fácil achar que a culpa é do outro*
...
convence as paredes do quarto e dorme tranquila,
sabendo no fundo, no fundo, que não era nada daquilo".

Pronto para o pior, recebi sua mãe com dois beijinhos, na maior gentileza do mundo. Deixei-a iniciar a conversa contando coisas sobre você, elogiando-o, sem, porém, abrir mão de me testar (será que ela fazia isso conscientemente?), como quando comentou que o namorado, ao observá-lo brincar à distância, lamentara, consternado:

- Por que esse menino não nasceu de nós dois?

Pensei comigo, sem qualquer falsa modéstia: "se assim tivesse sido, ele não seria como é", mas nada expressei. Minhas reações alternavam entre a indiferença – quando ouvia alguma bobagem – e certo ar de interesse e satisfação – quando ouvia algo minimamente relevante.

Mas quase não me contive quando sua mãe disse que, depois de pensar bem, concluiu ser melhor para você permanecer comigo em Brasília, quando ela se mudasse para Goiânia. Surpreso com a novidade – afinal, me preparara para o pior, desde a véspera! –, demonstrei apenas uma quase incontida naturalidade e comentei, como se ainda estivesse avaliando aquela possibilidade:

- É, pensando bem, acho melhor, para ele, não mudar de escola agora, continuar almoçando aos domingos na casa da avó... Aí, quando estiver um pouco maior, poderá escolher onde morar.

Observei-a anuir às minhas palavras e, então, teci elogios à sua atitude. Afirmei admirar aquela postura altruística, pois, para sua satisfação pessoal, poderia levar tudo o que possuía para Goiânia e usufruir quando quisesse, mas estava abrindo mão de possuir o filho em busca do melhor para ele.

Saí exultante daquele encontro! Torcia para Deise se transferir logo para Goiânia, antes que tivesse tempo de mudar de ideia. Ao chegar em casa, meditei sobre os possíveis motivos daquela atitude. Uma opção era ela ter se conscientizado de que o clima de *loucura* que agora apreciava poderia lhe ser nocivo, ou até mesmo arriscado. Outra possibilidade era ela ter concluído que você seria um estorvo na nova vida cheia de "aventuras, drogas e **rock'n'roll**" para a qual se encaminhava.

Mas nada disso tinha importância. Importante era que dali a dois meses, em janeiro, conforme combináramos, você se mudaria para o meu apartamento, e sua mãe, para Goiânia.

Apenas nos últimos dias do ano contei a novidade aos amigos e familiares. Sempre ressaltava a magnanimidade da decisão de minha ex-esposa, ao abdicar da companhia do filho que amava por visar ao que seria melhor para ele. Mantinha-me, assim, fiel à versão oficial do episódio, e mesmo quando alguém questionava a súbita bondade de sua mãe, eu a defendia. Creio que, desse modo, mantinha uma energia mais positiva em torno de nós, enviava bons fluidos para ela.

***

Nos primeiros dias de 1992, depois de morar por seis ou sete meses no apartamento que eu comprara na 416 Norte e para onde vocês haviam se mudado, você se transferiu para a minha casa. Na época, eu tinha uma Ipanema – uma **Station Wagon** da GM –, e não tivemos dificuldades em colocar toda a sua tralha dentro dela. Alguns móveis ficariam com sua mãe, para quando você fosse visitá-la. Rosa, uma amiga que logo se tornaria minha namorada, nos ajudou a arrumar tudo em seu novo quarto. O clima era de festa, você estava curtindo a mudança. Da nossa janela, víamos toda a área de lazer da Octogonal – duas quadras de esporte, dois **playgrounds** e uma ampla área gramada, sempre cheia de crianças a brincar –, e acho que você percebeu que logo arranjaria vários amigos.

Poucos dias antes, contratei Elisângela – ou Lala, como você a chamava –, que já havia trabalhado em nossa casa quando você tinha de 1 a 3 anos. Tudo perfeito: até a empregada era conhecida, de confiança e gostava de você. Até ela parecia empolgada com o novo trabalho!

No dia da mudança, apenas um fato a lamentar. Ao fim da tarde, iríamos com Rosa e a irmã ao Park Shopping – elas, acompanhadas dos filhos pequenos –, mas você não quis ir de jeito nenhum. Depois de muito insistir, acabei por deixá-lo em casa com Lala, pois cancelar um compromisso por você não querer ir não me pareceu muito saudável (seria um teste? chantagem?). Fiquei triste por não curtir plenamente todo aquele nosso primeiro dia juntos.

16. SER PAI (SOLTEIRO) É PADECER COM IMPROVISO

Tudo caminhou muito bem nesse início de vida nova. Iniciadas as aulas, nossa rotina se consolidou. Eu o acordava por volta de 8h30, pouco antes de sair para o trabalho. Depois do café, você descia para brincar, ou então os dois grandes amigos que arranjou – Dudu e Felipe – iam lá para casa. Às 11h30, Lala o chamava para banho, almoço e escola. Como eu não almoçava em casa nessa época, contratei um transporte escolar que o pegava às 13h na guarita da quadra, onde também o deixava às 19h.

Apenas numa ocasião, para minha surpresa, Lala me contou tê-lo buscado na área de lazer à força, pois você se negava a subir para o banho. Estranhei o fato, uma vez que você demonstrava extrema maturidade e responsabilidade. Ao questioná-lo mais tarde, você não soube – ou não quis – explicar a razão de seu comportamento.

Quando eu chegava do trabalho, você geralmente estava terminando seu dever de casa. Depois de corrigi-lo, assistíamos a um filme ou a algum jogo na tevê. Pouco depois das 23h, você já estava cochilando no sofá. Eu então o chamava, mas você fingia estar dormindo, para que eu o levasse para a cama no colo. No caminho do quarto, observava o risinho preso no seu rosto. Era uma cena maravilhosa! Ao colocá-lo na cama – quando então você se mexia e abria o sorriso, o que mostrava estar acordado –, fazíamos uma pequena oração ao seu anjo da guarda. Em seguida, alguns minutos de cafuné.

Nesse primeiro ano juntos, eu viajava com frequência, cerca de uma vez por mês; no ano seguinte, quase semanalmente. Eram viagens curtas, geralmente ia num dia e voltava no seguinte. Na noite em que estava fora, ligava e tirava as dúvidas do seu dever de casa por telefone. Fizemos isso muito. Quando ia a São Paulo – destino mais frequente –, costumava pegar o voo das 7h e voltar no das 19h, assim não pernoitava fora.

Sua mãe se mudou para Goiânia apenas no meio do ano. Até então era comum, portanto, você passar o fim de semana com ela, quando o namorado não estava em Brasília.

Ainda no primeiro semestre, sua tia Daisy ligou e me chamou para conversar. Ao sair do trabalho, passei em sua casa na Asa Sul e, por mais de uma hora, a ouvi contar, preocupada, as revelações feitas por sua mãe ao visitá-la dois dias antes. Depois de tomar, sozinha, quase um litro de uísque – em pleno dia útil –, passara a narrar, empolgada, detalhes da relação sadomasoquista vivenciada com o namorado, do uso de drogas e do excesso de álcool, entre outras coisas. Bem, menos mal, você já estava morando comigo. Mas ela poderia retomar sua guarda a qualquer momento, pois oficialmente a detinha. Isso me preocupava.

Em decorrência dessa conversa, tomei uma decisão. Havia um ou dois meses, eu havia iniciado o namoro com Rosa, sem lhe contar. Para você, era apenas uma amiga entre as várias que você conheceu naquela época. Algumas foram mesmo só amigas; com outras, houve um namorico. Como minha relação com Rosa se iniciou logo depois de sua mudança para o meu apartamento, considerei prudente não lhe contar. Afinal, você havia visto um namorado entrar na vida de sua mãe e, em seguida, "a perdeu". Se pouco depois visse uma namorada entrar em minha vida... Receei seus temores.

Ao conversar com sua tia, porém, vi que surgira um fato novo: você estava testemunhando um modelo de relacionamento muitíssimo pernicioso. Era preciso lhe mostrar (dizer não é suficiente) que aquilo não era "normal" ou, pelo menos, que havia outras formas de relacionamento com carinho, respeito, afeto. Poucos dias depois, e tendo previamente conversado com Rosa, contei-lhe do namoro, que viria a durar quatro anos. Nas semanas seguintes, máxima concentração para lhe mostrar que isso em nada mudava nossa vida.

Com a aproximação da data da mudança de sua mãe, arrisquei uma conversa telefônica sobre a conveniência de oficializar a troca de sua guarda. Aleguei que há casos – viagem ao exterior, por exemplo – em que seria necessária autorização por escrito dela, o que seria difícil depois de sua mudança de cidade. Depois de demonstrar pequena surpresa inicial, ela apenas questionou se não poderíamos aproveitar para transformar a separação em divórcio (será que Deise pretendia se casar?!?). Respondi que veria isso com um advogado colega do meu irmão no Banco Central, de quem ela já nos ouvira falar.

Ao desligar o telefone, explodi de alegria. Parecia que tudo iria dar certo!

Na manhã seguinte, falei com o advogado, e poucos dias depois a petição estava pronta. Faltava apenas nossas assinaturas. Conversão em divórcio, troca de guarda do filho, retorno ao nome de solteira (curiosamente, ao nos separarmos, sua mãe mantivera meu sobrenome). Procurei disfarçar minha empolgação quando liguei para ela e disse que estava tudo pronto. Faltavam poucos dias para a mudança para Goiânia quando nos encontramos, num bar da Asa Sul, a fim de assinar o documento.

Enquanto procurava disfarçar minha ansiedade, sentei-me diante dela e deixei a conversa fluir: comentários genéricos sobre você, sobre a mudança no BFC... Até que, de repente, ela contou que uma colega de trabalho a aconselhou a não assinar a petição, pois minha intenção seria me aproveitar do momento para tomar-lhe o filho. Reagi apenas com um ar de desdém. Sua mãe, então, acrescentou que respondeu à amiga me conhecer o suficiente para saber que eu não daria um golpe assim, que colocaria o bem-estar do filho em primeiro lugar. Aproveitei o momento para reafirmar:

- Você sabe que eu faço aquilo que entendo ser o melhor para o Dênis. – Era a parte da verdade que eu podia confirmar. Ao mesmo tempo, pensava: "mas se você assinar isto, vai ter que mudar muito antes que eu permita o retorno dele para você".

Em seguida, sua mãe apontou o envelope sobre a mesa e perguntou se era a petição. Tirei o documento do envelope e lho estendi. Apontei os trechos que interessavam: divórcio, troca de guarda, alteração do nome. Sempre disfarçando minha ansiedade, coloquei uma caneta sobre a mesa. Um minuto depois, a petição e a procuração para o advogado estavam assinadas.

Mais meia hora e encerramos o encontro. Pagamos a conta e nos despedimos. Ao dar partida no carro, deixei de representar e gritei o primeiro "**yes**!", que se repetiria várias vezes até chegar em casa. Dormi feliz, leve.

Transcorreram apenas uns dois meses até o juiz assinar a nova sentença. Apenas depois disso, por ocasião de um telefonema dela para você, perguntei-lhe se iríamos inverter o combinado, ou seja, se ela assumiria todas as despesas com sua educação. Com um riso irônico, respondeu:

- Você está me pedindo pensão, é?

De forma direta e firme, retorqui:

- Não, estou apenas perguntando se você vai contribuir com a educação do seu filho. Mas, se não quiser, pode ficar tranquila, porque ele vai ter a mesma boa educação que vinha tendo.

Passei o fone a você e me afastei, injuriado. No final das contas, sua mãe ficou com o apartamento que *eu* comprara, e sua guarda, comigo. Teria sido um golpe dela? Sem dúvida. Premeditado? Creio que não.

Quando nos separamos, num primeiro momento Deise disse que assumiria seu egoísmo e deixaria você comigo. Depois, mudou de ideia e afirmou querer ficar com você. Daí então lhe disse que, se você ficasse comigo, queria o apartamento em meu nome. Portanto, se você ficasse com sua mãe, passaria o apartamento para o nome dela. Daí minha indignação.

Tempos mais tarde, no início de 1994, Deise me perguntou quanto era a mensalidade da escola e passou a contribuir com cerca de setenta por cento do valor. Foi nessa mesma época que passei a observar sensível melhora no comportamento de minha ex, que inclusive começou a se preocupar mais com você. Passou a me procurar para discutir uma ou outra questão. Parecia que a "porralouquice" tinha passado.

17. ZEN (OU: NÃO TÃO HUMANO, AO MENOS NÃO DEMASIADAMENTE HUMANO)

No final de nosso primeiro ano juntos, houve a sua formatura do chamado prezinho. Haveria uma apresentação das crianças e a entrega dos diplomas. A São Camilo organizava bem esses eventos. Sabiam mexer com a emoção das pessoas presentes.

Às 10h da manhã de sábado, lá estávamos eu e Rosa, próximos de Aline e Harmon – pais do seu amigo Adriel –, filmadora emprestada à mão.

Já ia começar a apresentação quando me posicionei à direita do palco e vi sua mãe de pé, exatamente no lado oposto ao meu. Eu não sabia se tinha vindo de Goiânia na véspera ou naquela manhã, mas o importante era que você a veria na plateia.

Depois dos discursos da diretora e dos representantes dos professores e dos alunos, os formandos se posicionaram para apresentar a parte musical. Como de praxe, som mecânico e uma música nacional a ser cantada pelos alunos. Logo nos primeiros acordes, ouvi algumas mães comentarem perto de mim: "é a música 'tal', ela é linda!".

Mantinha-me concentrado na filmagem, fazendo tomadas rápidas de seus convidados – sua mãe, Rosa e meus pais – até o início da música, quando deixei a fita rodar ininterruptamente. Vocês acompanhavam a cantora Simone:

Gosto dos teus olhos faróis
Gosto dos teus lábios de mel
Gosto dessa música e sua voz
Gosto de voar nesse céu

Gosto dos teus sonhos azuis
Gosto do teu jeito de paz
Todas essas cores da sua luz
Gosto, gosto muito demais

Você estava o tempo todo ligeiramente virado para o lado de Deise, o que me deixou um pouco magoado. Olhava apenas para ela enquanto cantava.

Gosto muito do teu riso
Do teu jeito de falar
Gosto tanto tanto
Eu preciso
Eu preciso te falar

A certa altura, surgiu o refrão, e as crianças cantaram-no apontando para os pais, balançando os dedos indicadores. Você fez isso apontando para sua mãe.

Felicidade, felicidade
É tão bom te ver
Chega mais pertinho
Faz um carinho
Gosto de você.

Um minuto depois, a cena se repetiu. Tirei os olhos da câmera por um instante, momento em que me senti tomado por um sentimento que poderia ser traduzido por "caramba, sou eu que 'carrego o piano', sou eu que cuido, que corrijo dever de casa, que abdico do meu lazer para criá-lo, e é a mãe egoísta que é homenageada".

Mas logo em seguida reavaliei a situação, agora com olhos de quem vê de fora. Rapidamente concluí que você estava seguro em relação à minha presença em sua vida e, por outro lado, sentia-se perdendo sua mãe. Era, portanto, natural que você tentasse recuperá-la, que lhe apontasse o dedo enquanto dizia "chega mais pertinho...gosto de você". E, ao menos naquele momento, funcionou, pois sua mãe vertia lágrimas.

Senti meus olhos umedecerem. Não pela mágoa de ter sido preterido, mas pela compaixão que tomou conta de mim ao me colocar em seu lugar e sentir o sofrimento que o levava àquele apelo. Pela minha rápida revisão de postura, notei que ainda guardava resquícios da minha "fase nirvana".

18. PACIÊNCIA, RESIGNAÇÃO, MATURIDADE, RESILIÊNCIA

É incrível como você desenvolveu essas características ainda tão criança. Talvez essa fase – dos seus 6 aos 9 anos – tenha sido a *sua* "fase nirvana".

A entrada de Rosa em nossas vidas acabou por colocá-lo à prova em diversos aspectos. Eu ter que dedicar tempo e atenção a uma mulher extrafamília poderia lhe causar ciúme. Para piorar, ela tinha um filho dois anos mais novo que você, e qualquer dedicação a esse menino poderia ser outra fonte de ciúme. É certo que poderíamos ver isso por outro aspecto: você ganharia um amiguinho, o irmão mais novo que não tinha. Mas seria difícil. Caíque, garoto criado pelo avô e por uma empregada, estava acostumado a ter seus caprichos atendidos, tendo se tornado uma criança ao mesmo tempo carente e birrenta. Uma pena, pois no fundo era um bom menino.

Você demonstrava extrema paciência com ele. Em nosso pequeno apartamento na Octogonal, era fácil ouvir o que vocês falavam enquanto brincavam em seu quarto. Metade do tempo, você não se comportava como amigo, mas como pai, que faz companhia, ensina e... tolera!

Quando Caíque estava em nossa casa, ficava evidente o cuidado que você demonstrava no relacionamento com as pessoas. Eu era habituado a tirar um cochilo nas tardes de sábado e domingo e, nesses momentos, ouvi por incontáveis vezes você repreender Caíque quando este, centrado em seu próprio umbigo, falava quase aos gritos, próximo à porta do meu quarto. Essa cena se repetiu muitas vezes, pois respeito humano e certa dose de empatia eram qualidades suas que ele mostrava dificuldade em absorver.

Mesmo quando comparado a Rosa, você demonstrava mais maturidade (aos 6 anos de idade!). Ela tinha 23 anos à época, mas eu não a via tão jovem como hoje vejo alguém dessa idade. Também, de alguém que se casou aos 18 anos, teve filho aos 19, separou-se aos 20 e era, aos 23, uma mulher independente, era de se esperar toda a maturidade advinda dessa vivência.

No entanto, em vez de eu ter de lidar com o *seu* ciúme de Rosa, tive de lidar com o ciúme que *ela* demonstrou em relação a você. Lembro-me de Rosa chegar à nossa casa, num dia de semana qualquer em que trabalhara até mais tarde e resolvera dormir ali – morar em Sobradinho, a 25 quilômetros da cidade, era um bom argumento para isso acontecer com certa frequência. Ao adentrar nossa sala e vê-lo acordado, geralmente assistindo a um filme na tevê, cumprimentava-o friamente e se dirigia ao meu quarto, onde se deitava com ar de esgotada e carente.

Isso perturbava minha paz, pois me dividia. O que fazer? Ignorar a chegada de minha namorada, deixá-la sozinha no quarto e manter nosso ritual de fim de noite – vê-lo começando a cochilar no sofá, levá-lo para seu quarto... – ou o contrário? Ademais, o ar de decepção de Rosa ao entrar e encontrá-lo ainda acordado me feria profundamente. E era quase palpável a energia negativa aspergida em nosso ambiente nesses momentos.

Resolvi não tolerar mais isso e, certo dia, fora de casa, discuti veementemente com ela a situação. Ao final de uma discussão ácida – que quase ocasionou nosso rompimento –, vi que tinha me comportado como uma pessoa comum. Entrara no "jogo das disputas" (não deixe de ler *Os jogos da vida*, de Eric Berne), seguira o **script** que me fora atribuído.

Percebi que, quando mexem com nossa cria, viramos bicho – quase literalmente! Foi quando me dei conta de que havia tirado o pé antes colocado no nirvana. Foi uma pena... Acho que nunca mais atingi aquele patamar ao qual tinha chegado.

O namoro com Rosa suportou essas turbulências. Ao fim de um ano, ela já gostava de você quase como um filho e compreendia perfeitamente meu modo de agir. Aliás, tornou-se também uma mãe muito melhor para seu próprio filho.

19. ONDE ESTÁ A CULPA?

Os mais de quatro anos de convivência com Rosa foram um tremendo laboratório (como se a vida por si só já não o fosse). Num primeiro contato, ali estava uma pessoa jovem, bonita, inteligente, alegre, com iniciativa e cheia de energia. Ao se aproximar, podia-se ver que tudo aquilo procurava esconder uma característica marcante: baixíssima autoestima. "De perto, ninguém é normal", dizia Caetano.

As pessoas com essa característica apresentam dois comportamentos bastante típicos: precisam constantemente de reconhecimento externo e, sempre que algo dá errado, precisam responsabilizar outra pessoa.

No primeiro caso, a dúvida sobre suas próprias qualidades é tão grande que o portador de baixa autoestima precisa se alimentar de elogios, carícias ou demonstrações de compaixão. Os elogios servem para imaginar que os outros veem nele qualidades que ele próprio, no fundo, não reconhece. É a aprovação externa. Assim, fica mais fácil aceitar-se a si mesmo. As carícias – ou o "colo" – trazem a mensagem de que a pessoa tem lutado ou sofrido mais do que merecia e precisa do justo descanso do guerreiro. Dessa forma, os defeitos que vê em si são obscurecidos por essa demonstração de aceitação, de reconhecimento, por parte de quem acaricia (física ou psicologicamente). Já as demonstrações de compaixão – "tadinho, fizeram isso com você?!", ou "tadinho, como você tem sofrido!", ou ainda "você não merecia passar por isso!" – trazem uma espécie de compensação para os fatores que a pessoa vê como causadores da baixa autoestima. Aí é possível pensar "tá bom, eu sou assim, mas veja como sou perseguido (ou como sou sem sorte)!".

O segundo comportamento consiste em sempre colocar a culpa no outro. A pessoa saudável reconhece suas deficiências, suas fragilidades, e convive com elas ou tenta superá-las. Já o portador de baixa autoestima pode até estar consciente de seus defeitos, mas não admite reconhecê-los perante os outros. Qualquer que tenha sido o incidente – uma discussão, o fracasso numa prova, uma briga com a namorada, ou mesmo uma batida de carro –, sempre vai apresentar uma versão pela qual se conclui que a culpa foi do outro, mesmo quando esse outro é uma instituição, não um ser humano. Afinal, pela necessidade de reconhecimento externo, precisa convencer os demais de que estava certo, ou de que foi prejudicado.

Quando a pessoa age assim diante de alguém que sabe identificar esse processo, seu intento não tem êxito. Se, ao final, esse interlocutor tentar lhe mostrar a realidade – e sua culpa no episódio – , o portador de baixa autoestima ficará irritado e inviabilizará uma discussão racional. Ele precisa acreditar que convenceu a todos de sua versão. "Convence as paredes do quarto e dorme tranquilo; sabendo no fundo, no fundo, que não era nada daquilo", para citar novamente Raul Seixas em *Por quem os sinos dobram*.

O problema é que, para evoluirmos como seres humanos, precisamos reconhecer nossos erros, nossas falhas, e lutar contra eles. Fingir que não existem significa estagnação.

Rosa era alguém assim, uma pessoa cuja baixa autoestima a impedia de brilhar e dava-lhe o componente negativo de sua imensa energia. Como nunca via a culpa em si mesma, vivia uma ilusão, e sua felicidade, seu sucesso, passavam a depender de fatores externos a ela. Aguardava um príncipe encantado que correspondesse a todos os seus anseios, que inclusive compartilhasse sua ilusão, seu distanciamento da realidade. "Fica esperando alguém que caiba nos seus sonhos", para fazer mais uma citação, agora de Cazuza em *Blues da piedade*.

Para uma mulher muito bonita, como era o caso de Rosa, é bem mais difícil superar esse processo, pois sempre há um gavião disposto a fazer o papel do interlocutor que reforça tal comportamento.

20. UM NATAL MAIS FELIZ

No Natal de 1992, eu me sentia muito mais tranquilo. Sua mãe morava em Goiânia, sua guarda estava comigo... Tudo caminhava bem.

Para a comemoração, na casa de sua tia Daisy, preparei-lhe uma surpresa: uma bicicleta aro 26, de 18 marchas! Foi maravilhoso ver sua carinha quando, depois da entrega dos presentes pelo Papai Noel, levei-o ao quartinho de empregada onde estava a bicicleta montadinha, linda, pronta para você.

Depois da surpresa inicial e de avaliá-la bem, você soltou uma frase que me deixou apreensivo:

- Quando eu tiver 7 anos, eu vou dar conta de andar nela, né, pai?!?

E isso com o arzinho mais feliz do mundo! Sem um pingo de revolta por achar que não conseguiria usar seu presente tão cedo.

No dia seguinte, fomos ao Parque da Cidade e levamos a **bike**. Em pouco tempo você descobriu que, se a colocasse junto a um degrau, como um meio-fio, conseguiria montá-la e sair pedalando! Veio correndo me mostrar a descoberta. Nem passou pela sua cabeça que, se eu achasse que isso não aconteceria, não teria me dado o trabalho de levar seu presente ao parque.

No ano que se iniciou na semana seguinte, frequentamos assiduamente o Parque da Cidade. Geralmente, já saíamos de casa ambos de bicicleta, contornávamos a Octogonal e atravessávamos a via EPIG. Quando, hoje, observo um menino de 7 anos, acho um absurdo ter saído com você nessa idade e atravessado de bicicleta uma pista perigosa como aquela (na época, não havia os semáforos que lá estão).

Às vezes, nos encontrávamos com Harmon e Adriel, também com suas **bikes**; noutras vezes, íamos ao parque com Rosa e Caíque. Depois de uma ou duas voltas pelo circuito, escolhíamos um barzinho para sentar e tomar algo, enquanto vocês, crianças, continuavam curtindo suas bicicletas por perto.

Acontecia também de seu presente, ainda novo, chamar a atenção de vizinhos um pouco mais velhos que você. Pediam-no emprestado para dar uma volta dentro da quadra, especialmente no que era chamado de "quadradão", um quadrado asfaltado bem embaixo de nossa janela. Ali, em uma ou duas semanas, quase detonaram seu pneu traseiro, de tanto usá-lo em derrapagens e freadas.

Sempre preocupado em achar a tênue linha de equilíbrio entre ensiná-lo a preservar suas coisas e a não ser egoísta, acabei por aconselhá-lo a não mais emprestar a bicicleta àquele pessoal, a não ser sob rígidas condições.

Mais dois meses, outro aniversário seu, comemorado no salão de festas do nosso bloco. Agora eu já possuía experiência em organizar festas, isso não me assustava mais. Como sempre, parentes, amigos e vizinhos lá estavam, e tudo correu bem. Talvez não muito bem apenas para você. Sua mãe estava viajando, creio que para o Nordeste, e não lhe telefonou naquele dia. Nem no anterior. Nem no dia seguinte. Nem na semana seguinte. Registrei em minha memória que, na verdade, ela ficou cinco semanas sem lhe dar sequer um telefonema e que seu aniversário ocorreu no meio desse período. Nunca comentamos o assunto, pois você não demonstrou ter se ressentido com isso. Achei melhor ignorar.

21. VIAJANDO...

Viajarmos sozinhos foi outra interessante experiência como pai solteiro. Fizemos isso pela primeira vez em julho de 1993.

Porto Seguro era então uma das praias da moda. Imaginei como seria interessante viajar para lá num esquema de pacote turístico, pois haveria a possibilidade de conhecermos pessoas e, quem sabe, você faria amizade com alguma criança do grupo.

Como, às vésperas de minhas férias, tinha que comparecer a uma reunião em Campinas, pedi à sua tia Margarida que procurasse pacote para Porto Seguro a partir de sua cidade, Belo Horizonte. Era para lá que seguiríamos de carro depois da reunião. Sua tia adquiriu um rodoviário, o que achei até melhor. Afinal, teríamos oportunidade de travar novos contatos já na viagem de ida.

Chegamos a Campinas de carro numa quarta-feira à tardinha. Como no dia seguinte iria cedo para a reunião, deixei-o na casa de Glauber – um grande amigo que deixara Brasília uns quatro anos antes e tinha um filho apenas uma semana mais novo que você –, onde o pegaria na noite seguinte para pernoitarmos no hotel onde me hospedara, para então seguirmos de carro para BH.

Assim fizemos e, no fim da sexta-feira, chegamos à casa de Margarida. Achei estranho quando ela me entregou duas passagens da Viação São Geraldo e um **voucher** para uma pousada em Arraial D'ajuda. Não iríamos num ônibus fretado, de turismo?

No dia seguinte, na rodoviária de BH, observava nossos companheiros de viagem e tentava identificar o grupo que participaria do nosso pacote. Já no meio do trajeto, convencido de que estávamos num ônibus comercial comum, lamentava a ausência de qualquer turista além de nós, bem como a alta rotatividade no veículo: a partir do meio do caminho, parava em cada cidade para deixar e pegar passageiros.

Na chegada a Porto Seguro, um sujeito numa Kombi da Pousada Berro D'água aguardava para nos levar ao local de hospedagem, onde os poucos hóspedes nada lembravam o "grupo do pacote" que imaginara. Paciência! Vamos passear, aproveitar, conhecer o local.

A pousada ficava no outro lado da baía, a meio caminho de Arraial D'ajuda, e era composta de vários chalés espalhados aleatoriamente numa ampla área gramada e arborizada. A parte dos fundos dava diretamente na areia de uma praia não muito atrativa para banhos.

A cada manhã, tomávamos uma Kombi-lotação em frente à pousada e íamos conhecer uma praia diferente. As de Porto Seguro, de declive acentuado, eram péssimas para nadar. Apenas a uns 2 quilômetros ao sul de Arraial é que achamos uma praia agradável: plana, com ondas, água transparente. Para nela chegar, tínhamos que descer da Kombi na vila e andar os 2 quilômetros. Havia apenas uma grande barraca no canto da praia, onde fomos atendidos por uma bonita garçonete de **top less**. Sempre que ela se afastava, depois de nos atender, você me olhava e dava um risinho maroto.

Voltamos a essa mesma praia na véspera de nossa partida, quando vivenciamos uma cena que por muito tempo me entristeceu. Eu ouvira falar que um pouco mais ao sul havia uma cachoeira e desejava conhecê-la. Já havíamos nadado e comido algo na barraca-bar quando propus irmos até ela, antes de voltarmos à pousada. Mal começamos a caminhar e você começou a repetir que não queria ir, que era longe, que não queria andar mais. Depois de contestá-lo por duas ou três vezes, virei, nervoso, e tomei o caminho de volta, dizendo:

- Caramba, Dênis, desde que chegamos, ficamos no lugar que você escolhe, voltamos quando você quer, fazemos tudo o que você tem vontade, e, quando peço para irmos a algum lugar, você reclama!

Depois de uns 2 minutos de silêncio, você falou:

- Pai, vamos na "cachoêla"! Vamos lá conhecer a "cachoêla". – Você ainda trocava o "r" pelo "l".

- Não, agora já desisti.

Você ainda insistiu por diversas vezes, mas seguimos firmes a caminho de Arraial e, de lá, para nossa pousada.

Até hoje me sinto triste ao lembrar dessa cena, pois me parte o coração imaginar o que se passava naquela cabecinha de 7 anos!

Fiquei arrependido por ter provocado remorso em você. Ademais, eu não podia reclamar do seu comportamento na viagem. Por exemplo, quando chegávamos à pousada, já quase no fim da tarde, ia tirar um cochilo enquanto você ficava brincando sozinho com seus carrinhos, sem nunca me incomodar.

Em algumas oportunidades saímos à noite, depois de jantar na pousada. Numa delas, com seu tio Murilo – irmão de sua mãe – e a esposa, Ângela, que haviam ido de carro passar alguns dias em Arraial. Haviam descoberto a pousada em que estávamos e nos procuraram.

Apesar de ser seu padrinho, Murilo nunca agiu como tal, mas achei interessante ser procurado por familiares de sua mãe passado um ano e meio da separação. Era, pelo menos, uma prova de consideração.

Terminada a semana, voltamos a BH, numa viagem tão desagradável quanto a de ida. Ao chegar, deixei-o na casa de seus avós maternos, onde sua mãe iria encontrá-lo no dia seguinte. Peguei meu carro e parti para Vila Velha, Espírito Santo, onde Rosa já me aguardava.

**

Passamos o resto do ano de 1993 em harmonia. Você se mostrava calmo, gentil, carinhoso, estudioso, responsável... Só que ainda fazia febre com certa frequência, devido a gripes fortes. O pior é que você vomitava o antitérmico líquido, mesmo se adicionássemos água e açúcar. Solução? Supositório de Novalgina. Você fazia uma carinha de dar dó na hora de enfrentá-lo, mas sua febre sumia em questão de 15 minutos.

Uma novidade no final daquele ano: você adquirira agilidade de leitura, daí eu não precisava mais ler alto as legendas quando assistíamos a filmes. Ufa!

22. 1994: UM ANO DIFERENTE – E DIFÍCIL!

Aquele que foi provavelmente o ano mais marcante de sua vida começou tranquilo. Não podíamos imaginar que você passaria por tantas emoções, por tantos sofrimentos, como o decorrer do ano mostrou.

No final de fevereiro, emendamos o resto da semana do carnaval e saímos de Brasília – eu, você, Rosa e Caíque. Seria um bom teste de convivência familiar, pois a essa altura Rosa já manifestara seu interesse em se casar comigo. Na quarta-feira de cinzas, chegamos ao Hotel Privê, em Caldas Novas. Findo o carnaval, não estava lotado, mas havia um bom movimento.

Confirmei, nessa oportunidade, o estrago feito em Caíque. Vi como mimá-lo o estava tornando um menino egocêntrico. Certo dia, depois de um cochilo vespertino com Rosa no quarto, desci e procurei por você e ele na área de lazer. Encontrei-os na piscina maior, em meio a adolescentes e adultos, jogando polo aquático. Fiquei observando à distância. Você usava a touca vermelha do seu time e estava no meio da piscina. Mantinha ótima expressão no rosto, se divertia mesmo quase sem tocar na bola. Já Caíque, de touca azul, reclamava o tempo todo que não lhe passavam a bola, mas nenhum companheiro de equipe lhe dava bola (no sentido literal e no figurado). Choramingando, ele se dirigiu à beirada da piscina, onde se sentou e abriu o berreiro. Continuava sendo ignorado por todos. Eu, em discreta espreita, rememorava a causa daquele comportamento: ser criado em casa, com o avô e a empregada a realizarem todos os seus caprichos. Lamentável. Era um bom garoto, mas estava tão acostumado a ter os adultos em volta de si, prontos para atender qualquer desejo seu, que se tornara um menino chorão e birrento.

Na sexta-feira, dia do seu aniversário, Rosa providenciou uma torta para ser servida depois do jantar, no próprio hotel, apenas para seu dia não passar em branco. A comemoração mesmo seria no dia seguinte, já em Brasília. Com apenas nós quatro à mesa, cantamos parabéns e você apagou suas oito velinhas.

Acordamos no sábado prontos para tomar café e pegar a estrada para Brasília. Às cinco da tarde já teríamos convidados chegando ao McDonald's do Park Shopping para sua festa. Os convites haviam sido distribuídos antes do carnaval, e eu estava curioso por vivenciar a praticidade de uma McFesta. De fato, basta marcar a data, definir o que será servido e pagar a conta ao final. Era prático mesmo! Chegamos de viagem poucas horas antes, deixamos as coisas em casa e rumamos para a festa. Até parecíamos convidados!

Enquanto as crianças brincavam na área exclusiva do piso superior, os amigos adultos que lá ficaram – os pais "não-íntimos" pegariam seus filhos mais tarde – sentaram-se a uma mesa por mim reservada na praça de alimentação, quase em frente ao McDonald's, para tomar chope. Eu alternava entre essa mesa e o local da festa, até que, já quase 19h, subimos todos para cantar parabéns, o que marcaria o fim da comemoração.

Em seguida, paguei a conta do McDonald's e a do bar que nos servira chope, despedi-me dos últimos convidados a deixarem o local e... fomos para casa! Como era estranho – e agradável – não ter aquela bagunça toda para arrumar! Estava no carro pensando nisso, no caminho de casa, quando lhe perguntei:

- E aí, filhote, gostou da festa?

- Gostei.

Passados alguns segundos, você acrescentou:

– Mas o próximo aniversário eu quero comemorar lá em casa.

Bem, e assim ficou afastada para o futuro a opção "festa prática no McDonald's".

***

Menos de dois meses depois, um dia triste. Certo fim de semana, dormimos na casa de Rosa, e acordei cedo no domingo para assistir à corrida de Fórmula 1. Era o dia 1º de maio de 1994. Em seguida iríamos a um churrasco no Lago Norte, a convite de Angelina, ex-esposa de Fred, comemorar o aniversário de seu primo Elsinho.

Ainda no início da corrida, alucinado por manter a frente depois de perder as três disputas precedentes com aquele que era, supostamente, o melhor carro do circuito – certo alemão que ganhara as três competia por uma equipe até então inexpressiva, a Benetton –, Ayrton Senna, então o maior ídolo brasileiro, sofreu um grave acidente.

Chamei vocês, e ficamos vendo a operação de resgate, a assistência no local e a remoção para o hospital, de helicóptero. A corrida teve sua continuação, mas o que aguardávamos mesmo eram notícias de Senna. Finda a disputa, nenhuma novidade. Seguimos então para o churrasco de Elsinho. O assunto predominante na festa, como não podia deixar de ser, era o acidente.

No meio do dia, a confirmação: Senna estava morto. Na espaçosa área verde da casa, com os adultos bebendo e as crianças brincando, o fato não teve a presumível repercussão. Pouco mais se comentou a respeito, e logo voltaram as piadas, as risadas.

Já à noite, só eu e você em casa, colocamos um filme no vídeo para assistirmos juntos. Depois de um tempo, teclei **stop** no controle remoto para repor a cerveja no meu copo e fui à cozinha pegá-la na geladeira. Ao retornar, vi que a tevê mostrava reportagem do Fantástico, da Rede Globo, sobre a vida e a morte de Senna.

Por mais que se critique o "padrão global", a massificação provocada pela emissora, a manipulação da opinião pública por aquela que já foi chamada de *o quarto poder*, não se pode negar sua competência para criar uma reportagem tão tocante, tão emocionante, em apenas algumas horas.

Passaram-se alguns minutos antes de voltarmos ao filme. Observávamos atentos a tevê. A alternância dos momentos de glória – e do tantas vezes repetido gesto de pegar uma bandeira nacional e empunhá-la na volta da vitória – com as lamentáveis cenas do acidente – suportadas pelo som de fundo com a música tema do piloto em ritmo lento e triste – era de amolecer qualquer coração.

Quando entrou o intervalo comercial e voltamos ao filme, vi que você chorava. Eu também quase havia chorado. Dei um beijinho em sua cabeça e apertei seu ombro, aproximando-o de mim (estávamos ambos sentados no chão e encostados no sofá).

Depois de uns 30 ou 40 minutos, outra interrupção do filme para renovar a cerveja e o tira-gosto. Ao retornar, o mesmo quadro se repetia: cenas da vida de Ayrton com o mesmo tom de emotividade. Você chorava baixinho, sem tirar os olhos da tela. Sentei-me ao seu lado e aguardei o final daquele bloco da reportagem. Cada vez mais me impressionava. Como haviam criado algo tão tocante em tão pouco tempo! Era difícil assistir e não verter lágrimas. Ao entrar o intervalo, você ainda chorava, daí resolvi falar-lhe um pouco a respeito da morte.

Como nessa época eu era kardecista praticante, foi nessa doutrina que fundamentei minha explicação. Disse-lhe que, como Senna havia sido um ser humano bom, com uma obra social relevante, querido por milhões de pessoas, teria uma passagem tranquila e seria recebido num tipo de hospital espiritual onde se recuperaria de seus ferimentos (os reflexos no perispírito) enquanto se adaptava à sua nova realidade. Afirmei também que, pela sua história de vida, ele seria muito feliz onde estava, e nós é que ficaríamos tristes pela sua ausência em nosso meio.

Frisei mais esse último aspecto, o viés egoísta da dor da morte. Quase sempre as pessoas não choram pela dor daquele que se foi, e sim por lamentar não o ter mais a seu alcance. Mesmo que as últimas semanas do seu ente querido sejam de extremo sofrimento e irrefutável desesperança, as pessoas, em vez de se sentirem aliviadas pelo fim desse sofrimento, lamentam.

***

Em meados de 1994, você se mostrava uma criança mais do que especial: alegre, gentil com todos, responsável, amoroso. Parecia-me que, passado o turbilhão provocado pelos sucessivos dramas criados por sua mãe e já com quase dois anos de sua mudança para Goiânia, você estava em paz.

Nesse mesmo período, observei uma drástica alteração no comportamento de Deise: passou a lhe telefonar com maior frequência e a se preocupar com você. Também passou a me perguntar como estavam as coisas e como poderia ajudar. Surpreendi-me com essa nova postura.

Exemplo disso foi quando, em meados do primeiro semestre, tivemos que trocar de empregada doméstica e, pasme, sua mãe tirou três dias de folga para passar as manhãs em nossa casa, para ensinar a nova auxiliar a preparar os pratos dos quais você gostava. Além disso, foi quando começou a colaborar com parte da mensalidade de sua escola, como já mencionei. Se levarmos em conta que ela antes não contribuía com nada – nem mesmo com o valor do aluguel do apartamento que era moralmente meu e do qual se apropriara –, era um forte sinal de mudança.

Talvez isso também tenha contribuído para aquela fase tão bela pela qual eu via você passar. Dizíamos sempre um ao outro, ao final de telefonemas, ou mesmo em casa: "amo você mais do que você me ama", ao que o outro respondia "eu que amo você mais, ô Pinóquio!". Por muito tempo chamamos um ao outro de Pinóquio, numa linda disputa de quem-amava-mais-quem.

Também em meados de 1994 encomendei seu novo quarto, que foi herdado pelo irmão que você veio a ter e durou uns 25 anos. Queria um móvel modulado e integrado, em forma de U, com escrivaninha e espaço para computador de um lado, junto a prateleiras distribuídas de forma assimétrica, armários e gavetas para roupas e brinquedos no meio, e uma cama dupla com gavetões no outro. Depois de inúmeras visitas a lojas, acabei por desenhar o que queria e encomendar numa loja do Shopping Center Venâncio 2000 a um ótimo preço: R$1.500,00, incluídos os colchões.

O novo móvel só seria entregue ao voltarmos de nossas férias de julho, e você mal podia esperar para nele organizar suas coisas e mostrá-lo para seus amigos Filipe e Dudu.

***

Na volta de nossas tradicionais férias de meio de ano em Cabo Frio, deixei-o, a pedido de sua mãe, em Dores do Indaiá, aonde ela chegaria alguns dias depois para passar uma semana em sua companhia e de seus avós. Era o dia da final da Copa do Mundo, por isso saímos cedo de BH para vencer os pouco mais de 200 quilômetros até Dores e eu ainda voltar a tempo de pegar o início do jogo na casa de Margarida.

Ao chegar em Dores, encontramos, além de seus avós e sua tia-avó Glória, seus tios Kátia, Clara, Rubinho, Alessandro e Gláucia, bem como seu primo Júlio. Depois dos cumprimentos de praxe, você guardava suas roupas e brinquedos num quarto enquanto sua avó tentava conter o endiabrado Júlio, então com 5 anos, que gritava e exigia ver e pegar suas coisas. Passados alguns minutos, enquanto conversava com Kátia e Rubinho do lado de fora da casa, vi seu primo correndo atrás de sua avó com uma vassoura levantada, tentando dar-lhe uma vassourada. Meu Deus, quantos pensamentos me passaram pela cabeça naquele momento! Como você sobreviveria naquele ambiente, sem poder brincar com seus brinquedos por temer que Júlio os destruísse? Como você reagiria ao conviver com um primo mal-educado e agressivo, tão o seu oposto? Confiei que sua madrinha, Kátia, o preservaria de maiores agruras.

Em seguida, você veio para a varanda, onde Glória o abordou e chamou para ir à casa dela, duas quadras abaixo, a fim de ver os cachorros. Observei-o a meia distância e percebi que você não estava com a menor disposição de fazer aquilo no momento em que mal chegara, mas, para não a magoar, respondeu "vamos sim". Era impressionante como você, aos 8 anos, era tão preocupado em não magoar as pessoas!

Despedimo-nos, e você saiu com Glória. Júlio, aos berros, queria acompanhá-los, no que foi impedido pela mãe, que se oferecia para brincar com ele na bicicleta de adulto – o que fora negado por ela mesma meia hora antes. Observei como era lamentável a lição implícita que aquela criança estava recebendo: "se você fizer birra, gritar bastante, pode até não conseguir o que queria, mas será recompensado de alguma forma".

Dirigi os 200 quilômetros de volta a BH pensando em tudo o que vira em tão pouco tempo em Dores e pedindo a seu anjinho para não o largar um só minuto, pelo menos até sua mãe chegar.

***

Eu já estava em Brasília quando, passadas duas semanas da minha fatídica visita a Dores, você chegou com sua mãe. Avisado na véspera, recebi, pouco depois das 5h da madrugada de domingo, a ligação para avisar que já haviam chegado.

Não havia ônibus de Dores para Brasília. O que vocês tomaram saía de alguma cidade mineira – creio que São João Del Rei – e ia até Formosa. Por não poder parar na rodoviária, deixava os passageiros com destino a Brasília no posto Shell localizado próximo ao início da Via Estrutural.

Pulei da cama e em poucos minutos já dirigia o Monza Class – meu primeiro carro com direção hidráulica, travas elétricas e ar condicionado – para buscá-lo. Ainda estava escuro quando você me viu chegar, correu e pulou em meus braços, num grande e gostoso abraço. Sua mãe se aproximou, cumprimentou-me gentilmente e perguntou se eu poderia levá-la até a rodoferroviária, onde tomaria um ônibus para Goiânia.

Pouco depois, estávamos os três no carro. Estranha, aquela cena: sua mãe sentada ao meu lado; você, no banco de trás. Parecia que os dramas dos últimos três anos não tinham acontecido. No curto trajeto, Deise apressou-se a comentar como você estava especial. Falou que vários parentes e amigos de Dores se surpreenderam com sua docilidade, inteligência, educação e simpatia. Acrescentou que respondia sempre "ele tem um excelente pai" e, ao fim, me parabenizou por seu comportamento e personalidade. "A gente faz o que pode", foi tudo o que consegui dizer, um tanto emocionado pelo sentimento de realização, de esforço reconhecido.

Pouco antes de chegarmos ao nosso destino, sua mãe ainda disse, para minha surpresa: "estou pensando em voltar para Brasília, seria bom ficar mais perto de Dênis". Despedi-me dela não com a frieza e o rancor tão comuns desde nossa separação, mas com um abraço afetuoso, pois havia visto um lampejo da Deise de dez anos antes: sensata, equilibrada, preocupada com os outros.

De novo dentro do carro, a caminho de nossa casa, lhe perguntava como tinham sido as duas semanas em Dores – a primeira, sem a mãe e com o primo capetinha –, ao mesmo tempo em que minha mente fervilhava em função do comentário de sua mãe. Será que ela voltaria mesmo para Brasília? Será que largaria o **yuppie** drogadão? Será que estava curada da porralouquice? Se tudo isso se confirmasse – e apenas nessa hipótese –, seria bom tê-la por perto, pois me ajudaria a criá-lo.

Cheguei em casa ainda impressionado pelo diálogo tão agradável e promissor tido com Deise. Não imaginava, naquele momento, que um diálogo como aquele jamais se repetiria...

23. O DIA MAIS DIFÍCIL DE MINHA VIDA

Ao sair de casa naquela manhã da primeira quinta-feira de agosto, resolvi ir direto ao posto de gasolina próximo ao Blaston e lá deixar o carro para uma lavagem geral, o que ainda não fizera desde o retorno da praia.

Saí da Octogonal e tomei o Eixo Monumental em direção ao Setor Comercial Sul. Nessa época do ano, de baixa umidade do ar e raríssimas chuvas, os gramados do Eixo ficam amarronzados, o que compromete o belo visual da área central da cidade. Ao chegar ao posto, deixei o veículo com o responsável e combinei pegá-lo no final da tarde. Mais cinco minutos de caminhada e cheguei ao banco, um pouco mais tarde que meu horário habitual.

Subi ao primeiro andar e tomei o corredor que me levaria à minha sala. Logo antes de adentrá-la, Aline, minha então secretária, me disse que Francelino Fraxes havia ligado e pedido retorno urgente. Segui para minha mesa em passos lentos, pensando "é o Franco, tio de Deise... o que será que ele quer com tanta urgência... meu Deus, será que 'seu' Ronaldo morreu?". Aventei essa possibilidade porque, quando passei por Dores, soube que seu avô não andava bem de saúde e ia frequentemente a médicos em BH.

Sentei-me, consultei minha agenda telefônica e liguei.

- Olá, Franco, há quanto tempo! O que aconteceu, para você me ligar logo cedo?

- Oi, meu amigo. Infelizmente, não tenho boas notícias. Aquilo que temíamos aconteceu.

Senti a descarga de adrenalina invadir meu corpo. Meu Deus, então foi Deise, e não o 'seu' Ronaldo!

Francelino foi a única pessoa da família de sua mãe a quem contei, em detalhes, exatamente como fora nossa separação. Já tínhamos comentado, também, sobre o relacionamento sadomasoquista dela com o novo namorado, o envolvimento com drogas e as cenas de violência que até você já havia presenciado. Ao final, daquela conversa, havíamos concluído: "eles ainda vão acabar fazendo uma besteira e se matando". Um tanto pasmo, inquiri-lhe:

- O que é isso, Franco! O que aconteceu!?

- Parece que ela se suicidou. Pulou da janela do apartamento, do 13° andar, agora cedo, pouco antes das 8h da manhã. Estou de saída para Goiânia, para tomar as providências necessárias.

- Como você soube?

- Ronaldo me ligou. Foi o próprio fulano lá que ligou para Dores e deu a notícia. – Francelino não citava o nome do novo companheiro de Deise, e na única oportunidade em que ela o levara à sua casa, Franco chegou em seguida, falou "boa noite" com ar sério e entrou em seu quarto, de onde só saiu quando o casal visitante já tinha ido embora. Deixou mais do que claro que o sujeito não era bem-vindo ali.

Inúmeros pensamentos se agitavam simultaneamente em minha cabeça. O que teria acontecido? Por que ela se suicidara justo agora, quando parecia estar voltando ao normal? Teria sido o cumprimento do pacto de morte?

- Meu Deus, e Dênis? – a frase me escapuliu ao pensar em como você receberia a notícia.

- Vou providenciar a remoção do corpo para Dores. O enterro será lá.

- Meu Deus! Ele não merece isso! – pensei alto, ignorando o último comentário de Franco – Ele tem sido tão especial nos últimos tempos, tão gentil, tão carinhoso, tão educado... Como vou dar uma notícia dessas para ele? Meu Deus, ele não merece!

Minha voz já saía embargada, pois começara a chorar à medida que tentava me imaginar contando-lhe a tragédia.

- Bem, mais tarde eu lhe dou mais notícias. Ligo de Goiânia. – Franco também ignorou meus comentários e despediu-se em seguida.

Ao desligar o telefone, notei que Clóvis – que trabalhava comigo no Blaston – havia entrado em minha sala e se sentado à minha frente. Havíamos sido muito próximos no passado. Eu, Deise, ele e a esposa já tínhamos viajado juntos ao Sul. Eles foram nossos padrinhos de casamento, e nós, do casamento deles. Também batizáramos a primeira filha do casal, Priscila. Clóvis e Simone se mudaram para São Paulo, onde viveram por três anos. Quando retornaram a Brasília, eu e sua mãe já estávamos separados, daí não voltamos a ser tão próximos como antes.

Ele me fitava, lívido. Notou que algo grave ocorrera. Eu ainda desligava o telefone quando ele me perguntou o que havia acontecido.

- Deise se suicidou, cara! E como é que eu conto uma coisa dessas para o Dênis?!? O que eu faço?!

Clóvis, abalado, me via de cotovelos sobre a mesa, as mãos segurando minha cabeça, lágrimas descendo pelo rosto. O interfone tocou. Era Aline, para me transferir uma ligação.

- Não estou para ninguém. Só atendo se for algum parente. – disse-lhe, antes mesmo que ela pudesse me falar do que se tratava, e desliguei o telefone.

- Como é que eu vou dar uma notícia dessas para o Dênis, cara?!? – repeti – Puta que pariu, que merda!

Clóvis, recostado na cadeira à minha frente, mãos unidas junto à boca, nada dizia. Mantinha o olhar baixo, num ponto qualquer, e a expressão pálida.

- Não tenho condições de ir para casa agora. Preciso me recuperar e me preparar para encontrar Dênis. Mas não posso ficar aqui. Vou para a casa dos meus pais e... Putz, deixei o carro no posto! – lembrei-me.

- Eu te levo – disse Clóvis.

- É, talvez seja até melhor eu nem dirigir, assim. Vamos, então.

Peguei minhas coisas e descemos rapidamente para a garagem, pelas escadas. Dessa forma, evitava encontrar algum conhecido no elevador, que certamente se surpreenderia com meu estado.

Saímos com o carro e tomamos a L2 Norte. No trajeto, comentei com Clóvis como você estava especial nos últimos meses, o quanto não merecia sofrer essa perda. A cada pequeno intervalo, acrescentava: "meu Deus, como vou contar isso para ele?!?".

Ao chegar ao prédio do meu pai na Asa Norte, agradeci ao amigo e subi rapidamente os dois lances de escada, também para evitar encontrar alguém. Toquei a campainha, e logo meu pai abriu a porta da área de serviço. Imediatamente, ao notar a expressão de meu rosto, perguntou:

- O que aconteceu?

- Deise se suicidou – respondi, e aí soltei de vez meu pranto, enquanto entrava no apartamento e me dirigia a uma poltrona na sala. Ali, sentado, chorei à vontade, sem me importar com quem estivesse perto.

Segundos depois, surgiu minha mãe, que ainda dormia quando meu pai a acordou com a notícia. Perguntou-me como acontecera. Respondi-lhe o pouco que sabia e acrescentei:

- Eu vim para cá porque preciso me preparar para contar ao Dênis... Meu Deus, ele não merecia uma coisa dessas! – repeti, mais uma vez.

Meus pais não sabiam o que dizer. Sua avó permaneceu sentada ao meu lado por alguns minutos, daí se levantou e foi ao telefone. Notei que dava a notícia a meus irmãos e outras pessoas próximas. Pouco tempo depois, Rosa ligou, preocupada, pois telefonara para o meu trabalho e disseram-lhe apenas que eu não estava bem e havia ido para a casa de meus pais. Assim que peguei o fone, ela perguntou:

- O que aconteceu?

- Deise se suicidou – respondi, voz baixa, embargada.

- O quê?

- Deise se suicidou! – falei um pouco mais pausadamente.

- Como é que é? Não estou ouvindo!

- Deise morreu, porra, se suicidou! – repeti, agora em alto e bom tom.

- Ai, meu Deus! Tô indo para aí!

Não havia passado meia hora e o apartamento estava cheio: além de Rosa, meus irmãos e minha cunhada também já estavam lá. Eu permanecia na poltrona junto à janela e perguntava a quem estivesse próximo, mas, sobretudo, a mim mesmo:

- Como vou contar isso ao Dênis?!?

O telefone tocava a todo o momento, à medida que a notícia se espalhava. A certa altura, lembrei-me de uma coisa importante: precisava ligar para seus avós em Dores e pedir para ninguém de lá ou de BH telefonar para nossa casa, de modo a evitar o risco de algum incauto lhe contar o ocorrido. Ao fazê-lo, sua avó Adélia atendeu ao telefone e disse, logo que me identifiquei:

- Como vai? Você já soube da tragédia, não é?

Fiquei estupefato. Não havia emoção naquela voz, apenas formalidade, como se estivéssemos falando de um conhecido qualquer, não de sua própria filha. Superei minha surpresa, passei a recomendação e desliguei o fone. Em seguida, liguei para nossa casa e falei para Lala não o levar à entrada do condomínio a fim de tomar o ônibus escolar, pois naquele dia eu mesmo pretendia levá-lo à escola. Era esse o plano que se desenhava em minha mente: deixar que você vestisse seu uniforme, tirá-lo de casa – e assim evitar que algum cômodo ficasse impregnado da energia do momento –, entrar no Parque da Cidade, estacionar e... contar.

Perto do meio-dia, mais calmo, procurava respirar fundo enquanto me preparava para nosso fatídico diálogo. Fred se ofereceu para me acompanhar. Depois de responder que seria melhor eu estar sozinho com você, acrescentei que, por outro lado, seria bom se ele estivesse por perto, pois não imaginava qual seria sua reação. Poderia ser importante eu ter a opção de não precisar dirigir em seguida.

Peguei o Chevette de Rosa emprestado e parti para enfrentar aquele momento crítico. Fred me seguia. Ao chegar em casa, procurei me comportar normalmente, mas o apressei para sairmos logo, pois não sabia por quanto tempo conseguiria me conter. Deixamos nossa casa em poucos minutos.

No carro, você conversava animadamente, enquanto eu, com os batimentos cardíacos lá no alto, procurava uma forma de abordar o assunto. Ao pegar a avenida entre o Setor Sudoeste e o Parque da Cidade, conferi que Fred nos seguia a uma boa distância. Nesse exato momento, você viu alguma coisa que o fez lembrar e comentar algo a respeito de Ayrton Senna. Era o meu gancho.

- Lembra de tudo o que conversamos quando Senna morreu? – Entrávamos no parque nesse momento – Vamos dar uma entradinha aqui no parque; ainda falta muito tempo para sua aula.

Comecei, então, a rememorar vários aspectos da morte. Eram os mesmos que havia lhe falado quando você ficou abalado com a morte de Senna, numa abordagem sutilmente kardecista.

- Lembra que eu lhe disse que, quando uma pessoa é boa e não faz mal aos outros, ela vai para um lugar tranquilo, onde encontra pessoas queridas que vão recebê-la bem e cuidar dela? Então, parece que Senna era uma pessoa assim, tinha até uma fundação para cuidar de crianças carentes. Sendo assim, ele foi para um lugar bom, onde deve estar muito feliz.

Parei o carro no segundo estacionamento, logo depois do restaurante Alpínus, numa área bem vazia. Vi que seu tio também estacionara, a uns 100 metros de nós. Prosseguia minha explanação enquanto saíamos do carro, você se recostava no capô, e eu me colocava de pé à sua frente. Reforcei a ideia de que, ao morrer, muitas vezes a pessoa se torna bem mais feliz. Citei exemplos de deficientes físicos e mentais e outros casos de vidas supostamente de sofrimento.

- Então, o que nos faz ficar tristes quando alguém parte? É o *nosso* sentimento de perda, é a falta que a pessoa *nos* faz, é a saudade que *nós* sentimos. Sendo assim, filhote, a gente deve sempre procurar pensar que a pessoa que se foi está bem e rezar para ela ser bem feliz onde estiver.

Fiz uma pequena pausa. Observei que você continuava atento, sério, os olhos fixos em mim. Era chegado o momento. Num tom abaixo, acrescentei:

- Eu tô te falando isso tudo, filhote, porque uma pessoa próxima de nós, de quem a gente gosta muito, morreu nesta manhã.

Antes de eu terminar a frase, você já chorava. Um choro sofrido, que se soltava depois de bom tempo contido, pois você parecia saber que viria uma má notícia. Ajoelhei-me no chão e o abracei forte, chorando junto com você. Quando consegui conter meus soluços, segurei seus ombros, olhei seu rosto e perguntei:

- Você já sabe de quem eu tô falando?

Você apenas meneou a cabeça, negando, sem conter as lágrimas.

- Ô, filhote! Foi a sua mãe!

Abracei-o de novo, ouvindo seu choro se soltar de vez, alto, intenso.

Permanecemos assim, por alguns minutos, até eu sentir que seus soluços haviam reduzido. Afagava seus cabelos, quando você se liberou dos meus braços, fitou-me e perguntou:

- O que aconteceu?

- Não sei ao certo, só sei que ela caiu do apartamento de Goiânia, do 13° andar.

Poucos segundos depois, você acrescentou:

- Acho que eu sei o que aconteceu. Minha mãe costumava subir num negócio para molhar uma planta que fica bem alto, na varanda.

- Não sei ao certo como aconteceu. – foi a meia-verdade que encontrei para dizer. Não iria chocá-lo com a informação do suicídio, ainda mais considerando a incrível tendência das crianças de se acharem culpadas.

Mais alguns minutos abraçados, e você já estava mais calmo, com um choro tênue.

- É melhor você não ir à escola hoje. Eu também não vou trabalhar. Se você quiser, vamos para nossa casa. Se preferir, vamos para a vó Ilka, suas primas podem ir para lá também, para vocês brincarem.

- Vamos para a vó Ilka... Eu quero esquecer isso.

Entramos no carro. Fiz sinal para Fred se aproximar e emparelhar com meu carro. Pedi-lhe que levasse sua prima Rejane à casa de nossa mãe. Expliquei a você, em seguida, que seu tio estava no parque para nos ajudar, se precisássemos.

No caminho, senti como se tivesse me livrado de um grande peso nos ombros. O pior já passara. Agora, era ter atenção com seus primeiros dias depois do choque da notícia. Estava, porém, ansioso para saber se você pediria para ir ao velório, ao enterro. Torcia para que não. Preferia que você guardasse como última lembrança de sua mãe a da semana anterior, quando estavam juntos em Dores do Indaiá. Quase nada falamos no trajeto.

Ao chegarmos, suas tias – Rosa, Daisy e Letícia – e seus avós o abraçaram, um a um, com os olhos inchados. Você mantinha um choro calmo e silencioso. Sentou-se, então, no sofá da sala, próximo de Letícia, que acariciou sua cabeça e o fez se recostar nela. A cena me surpreendeu, pois você se aconchegara à pessoa com quem menos intimidade tinha.

Pouco mais de dez minutos depois, chegavam suas primas Rejane e Viviane, que logo o chamaram para brincar no antigo quarto de Daisy, como vocês habitualmente faziam aos domingos. Certamente, Fred as orientara nesse sentido.

Eram cerca de 14h quando me chamaram ao telefone. Era Franco, de Goiânia, com mais notícias.

- O corpo está no IML e deve ser liberado no fim da tarde para o traslado a Dores. A polícia acabou há pouco a perícia no local. Tem algo estranho aqui. Não há nenhuma evidência de suicídio. Ela não falou com ninguém hoje cedo, nem com a empregada, e não deixou um bilhete, nada. Por outro lado, quem nos recebeu e está no apartamento é o cunhado do fulano. Diz que o sujeito está em choque e está sendo atendido em um lugar desconhecido. Falei que precisava falar com ele, mas o cunhado respondeu que não teria como localizá-lo. Entendeu o que isso significa? O cara está fugindo do flagrante. Você vai ver, ele vai sumir por 24 horas.

Essa novidade me causou certo conforto. Primeiro, porque o suicídio tem um peso espiritual muito grande; segundo, porque seria um ato de muita maldade, de egoísmo, abandonar no mundo um filho de 8 anos; e, por último, era um balde de água fria naqueles que pensaram que Deise fizera bem em se ligar àquele sujeito.

Franco, então, mudou de assunto e perguntou se eu levaria você ao velório. Respondi-lhe:

- Franco, se Dênis pedir para ir, se ele se mostrar determinado a ir, tudo bem, vou levá-lo. Mas, francamente, não vejo nenhum motivo para ele passar por isso. Ver a mãe num caixão, com hematomas no rosto...

- Mas você vai, não é?

- Eu não posso deixar meu filho sozinho num momento desses. É ele que está precisando de mim agora.

Pelo breve silêncio antes de se despedir, notei a decepção de Franco. Ele achava que eu deveria ir de qualquer jeito.

Desliguei o fone e me pus a pensar. O que ele queria? Que eu assumisse o papel de marido (nunca "ex", conforme a Igreja Católica) e me apresentasse diante da família, no papel do personagem que faltava nesse episódio dramático? E, para tanto, deixaria meu filho, que acabara de perder a mãe, sozinho com os avós e viajaria? Caramba, como certos valores fazem as pessoas raciocinarem estranhamente!

Comi alguma coisa – eu não almoçara – e passei pela porta do quarto, a fim de confirmar que vocês continuavam brincando. Fazia isso a cada dez minutos. Lembrei-me então de avisar Lala sobre o ocorrido. Liguei para casa.

- Elizângela, estou na casa de meus pais, com Dênis. Ele não foi à escola. Fui pegá-lo aí hoje porque aconteceu algo muito sério. A mãe dele morreu nesta manhã.

- O quê?! Ai, meu Deus! Ai, meu Deus!

- Não se sabe ao certo o que aconteceu, mas ela caiu do 13° andar do prédio onde morava.

Lala chorava convulsivamente do outro lado da linha. Fiquei surpreso com essa reação. Não sabia que ela ainda se sentia tão ligada à sua mãe.

Desliguei o aparelho, sentei-me na sala, onde estavam todos os adultos, e comentei o que Franco dissera pouco antes ao telefone. As conjecturas começaram. Teria sido suicídio ou assassinato?

Pouco depois, em conversa telefônica com sua tia Kátia, novas informações foram agregadas, de modo que a hipótese de assassinato se mostrava cada vez mais plausível. Na semana anterior, em Dores do Indaiá, sua mãe contara a Kátia que desejava se separar, pois teria se apaixonado por alguém (cujo nome, por ironia, era igual ao meu). Dissera ter medo da reação do namorado, pois tinham feito um pacto de morte. Ainda, na noite anterior Deise havia ligado para sua avó em Dores, transtornada, pois estava tratando da separação naquele momento. O namorado tomara-lhe o telefone e também falara com D. Adélia. Na ocasião, se mostrou inconformado com a situação. Explicitou toda sua revolta ao dizer que Deise havia "levado um homem ao apartamento deles", em sua ausência.

Estavam aí todos os ingredientes para uma noite dramática, longa, insone, permeada por discussões dolorosas, angustiantes, cujo epílogo iria se tornar um mistério conhecido apenas pelos dois protagonistas, dos quais restou apenas um.

Fui dar outra olhadinha no quarto. Você acabara de se sentar no banquinho da penteadeira com um olhar perdido e começara a chorar. Entrei e o abracei até que você se acalmasse. Suas primas, talvez orientadas pelo pai, ignoravam seu comportamento e permaneciam se entretendo, o que facilitava seu retorno à brincadeira.

Assassinato ou suicídio? Essa dúvida permaneceria para sempre. Se todos os indícios apontavam para a primeira opção, não podíamos ignorar que sua mãe já havia dito a algumas pessoas que não queria ficar velha, que preferia morrer nova, que adoraria voar... Ademais, por ocasião de nossa separação, a certa altura ela se aproximou de mim e disse: "seria mais fácil se eu tivesse morrido, não é?". Isso me fez, pouco depois de sair de casa naquele dia, ligar para Paula, uma amiga em comum, e lhe pedir para dar suporte psicológico a Deise. Eu não duvidava de que ela fosse capaz de fazer alguma bobagem.

Meses depois, eu, PC e Elisa fomos chamados a depor na delegacia de Goiânia. Quando concluído o inquérito policial, pedi a um amigo da cidade, Marcés, que obtivesse uma cópia na Justiça local. Ao recebê-la, percebi estarrecido que se tratava de uma peça tendenciosa, absolutamente manipulada. Concluí que o safado do sujeito, certamente com a consciência pesada, havia dado um jeitinho nas coisas.

Isso não seria difícil para ele. Tratava-se de um corruptozinho, ocupante de uma função no BFC que lhe permitia fazer "favores" a construtoras e incorporadoras. Por mais distante que eu estivesse de tudo, Deise já havia comentado comigo sobre a reforma do apartamento da 416 Norte feita gratuitamente, sobre uma viagem ao Araguaia em avião particular de construtora... Numa capital provinciana como Goiânia, era natural que essa turma pudesse mesmo influenciar o resultado do inquérito.

Marquei uma audiência com o promotor público encarregado do caso e fui a Goiânia com PC. Levei um arrazoado por escrito que apontava as inexplicáveis incoerências da investigação policial. Pensei muito antes de me meter nesse assunto, mas uma possibilidade que me passou pela cabeça foi decisiva: e se você, lá pela adolescência, ao tomar conhecimento de tudo, perguntasse a mim e a seus tios "e o que vocês fizeram a respeito dessa falcatrua?", o que eu responderia? Sim, era minha obrigação – não como ex-marido, mas como *seu representante* – fazer aquilo que você provavelmente faria se fosse adulto.

O promotor, muito gentil, nos recebeu e ouviu com atenção nossas ponderações. Pela sua reação, meu temor de que ele também já tivesse sido cooptado desapareceu. Ao final, ouvimos que ele tinha mais de dois mil processos em sua carga e nenhuma assessoria para ajudá-lo em investigações complementares, mas que iria avaliar o caso com carinho. Pediu, ainda, que meu arrazoado lhe fosse encaminhado oficialmente, assinado.

Como eu temia por sua segurança – será que a "quadrilha", sabendo onde morávamos, tentaria se vingar? –, pedi a seu avô Ronaldo que assinasse o documento numa reunião promovida em BH com toda a família de sua mãe. Na oportunidade, expus a todos a peça de ficção que era o inquérito e minha motivação para agir. Observei o claro apoio de seu tio Alessandro e de seu avô.

Meses depois, com base no fato de que o inquérito possuía falhas e omissões, a Justiça o devolveu à delegacia, para que fossem respondidos diversos quesitos já formulados.

Voltamos a Goiânia para novo depoimento na delegacia. Nada mudou. Deram um jeito para que as respostas aos quesitos não fossem nada esclarecedoras. Ademais, não se esforçaram para arguir a testemunha-chave do processo: a empregada doméstica que trabalhara no apartamento nos últimos quatro meses. Era a única pessoa presente por ocasião do "acidente" e sabia do envolvimento do casal com drogas e de seu relacionamento violento. Essa moça sumiu no mundo logo depois do ocorrido, dizia-se que para o interior do Nordeste, talvez porque sabia demais e não queria se envolver. Ou será que foi, digamos, "incentivada" a desaparecer?

Consultei a família sobre a possibilidade de contratarmos um advogado e dividirmos a despesa. Até PC já se prontificara a participar do rateio. Não tinha ainda recebido nenhuma sinalização positiva quando soube que D. Adélia havia dito que não queira mais remexer nesse assunto. Fiquei a pensar no que motivara essa postura. Vergonha? Era melhor esquecer a filha que abandonara o marido e o filho de 5 anos, arranjara um amante, metera-se com drogas e, finalmente, iria trocar esse amante por outro? É, ela tinha motivos suficientes para querer botar uma pedra em cima desse assunto. Afinal, imagine os comentários que deveriam correr à boca pequena em Dores do Indaiá a cada novo capítulo dessa novela!

Bem, com o desinteresse demonstrado pela família, desisti de agir. Peguei a cópia do inquérito que estava comigo e pedi a sua tia Daisy para guardá-la em sua casa de modo a impedir que você a achasse antes de uma idade apropriada. Aí, abandonei o caso.

***

Já era de tardinha quando fomos para nossa casa. Rosa foi conosco. Passamos no posto e pegamos meu carro. Já estava escuro quando chegamos.

Depois do banho, uma pizza e um filme infantil no vídeo, chegou outro momento que eu temia: a hora de dormir. Não era tão difícil ocupar a mente durante o dia, brincando, conversando ou assistindo à tevê, mas na hora em que se deita, até as menores preocupações afloram num misto indefinível de pensamentos e sonhos recorrentes.

Cumpri o ritual de sempre: você trocou de roupa e se deitou, daí eu apaguei a luz e me ajoelhei ao seu lado. Fizemos uma oração à qual se seguiram os três minutos de cafuné. Para meu espanto, ao final do segundo minuto você já ressonava, dormindo profundamente. Em regra, terminado o carinho, eu começava a me levantar e você se remexia na cama, para mostrar ainda estar acordado.

Saí do quarto ainda surpreso, pensando em como seu anjo da guarda sempre fazia um ótimo trabalho, apesar dos duros percalços já enfrentados em sua infância.

Pouco depois, eu me deitava com Rosa. Finalmente podia relaxar e liberar minhas emoções. Em poucos minutos, chorava copiosamente ao me lembrar de suas reações em cada momento daquele dia terrível.

Comentei com Rosa que a tragédia acontecera justamente quando sua mãe voltara a demonstrar lucidez, sensatez, e cogitava voltar a morar em Brasília. Curioso, geralmente é assim que acontece: a Existência espera a pessoa se fragilizar, ter a exata noção da gravidade de seus atos, para então lhe aplicar o "remédio".

Transcorrida cerca de uma hora, fomos vencidos pelo cansaço – principalmente mental – e adormecemos. No dia seguinte, eu não trabalharia, e nem você iria à escola. Ocuparíamos nosso tempo com compras no mercado, videogames e filmes no vídeo. Assim, eu estaria sempre a seu lado, para o caso de eventuais recaídas na dor. Mas você se mostrava muito forte naquele fim de semana. Mantinha o semblante triste, o olhar sombrio, mas brincava e não chorava. À noite, seu anjinho continuava fazendo você dormir em menos de três minutos.

Por outro lado, nos dias que se seguiram, você estava ignorando tanto seu próprio drama que, às vezes, eu mesmo tocava no assunto. Dizia que sua mãe deveria estar recebendo os cuidados devidos e que você poderia rezar por ela. Nessas horas, você sempre chorava por algum tempo, e isso me dava a segurança de que você não estaria sufocando seu sentimento, introjetando sua dor, o que poderia deixar sequelas psicológicas.

Coisa de uma ou duas semanas depois do óbito, você arrumava suas coisas nos nichos e gavetas do seu novo mobiliário – o conjunto de cama, baú, prateleiras, gaveteiros e escrivaninha, feito sob medida, que fora instalado em seu quarto dias antes – quando adentrei o cômodo.

- Pai, tá ficando muito legal, não tá? Olha onde botei meus carros.

Assenti. Depois de alguns segundos em silêncio, você arrematou, engasgado com as lágrimas que começavam a brotar:

- Minha mãe nem conheceu meu quarto novo...

Na escola, apenas por duas vezes, na primeira semana, você chorou, com a cabeça deitada em sua mesinha. Eu havia ligado para lá logo no primeiro dia para dar a notícia, e sua professora estava preparada.

A propósito, era elogiável o tratamento personalizado da São Camilo. Mais de oito meses depois do falecimento de sua mãe, houve uma reunião de pais e mestres. Como faltavam poucas semanas para o dia das mães, esperei até que o encontro se esvaziasse. Enquanto isso, observava o que cada mãe tratava com a professora, impressionado com as futilidades que eram apresentadas como importantes características a serem observadas pela professora. Pobres crianças! Quando todas saíram, me aproximei da professora já dizendo que era seu pai e, como o dia das mães estava próximo, era importante ela saber que você recentemente perdera a sua.

- Estou ciente. A coordenadora falou sobre isso comigo no início do ano, e discutimos como agir agora. Pretendemos deixá-lo à vontade. Quando formos preparar algo para as mães, vou falar em particular com ele e lhe oferecer uma atividade alternativa. Mas vou dizer também que, se ele quiser, pode trabalhar junto com as outras crianças e dar o presente para outra pessoa, como sua namorada ou uma tia.

Fiquei muito satisfeito ao saber que, mesmo passados tantos meses, iniciado um novo período letivo e trocado de professora, a escola estava atenta à delicadeza de sua situação.

24. MAIS DIFICULDADES...

Por essa época, você brincava muito com os vizinhos Felipe e Dudu., principalmente em nossa casa. Felipe parecia mais sério, maduro, um tanto sofrido. Viajara conosco uma vez para Caldas Novas, e a mãe dele, uma psicóloga, andou me assediando acintosamente por um bom período, mesmo sabendo de meu relacionamento com Rosa. Já Dudu tinha um arzinho mais sonso, distante, despreocupado.

Fiquei muito chateado quando soube, em fins de setembro de 1994, que Felipe se mudaria de Brasília no mês seguinte. Sabia que você sentiria muito. Pior ainda foi saber, mais para o fim do ano, que Dudu estava de mudança para o Lago Norte. Caramba, no mesmo semestre você perdeu a mãe e os dois melhores amigos da vizinhança!

Você foi claramente afetado por essas perdas. Meio deslocado, ficava mais em casa, sozinho. Poucas vezes descia para encontrar outros conhecidos da quadra. Sobrou Adriel, seu grande amigo da escola e de fins de semana, além de Caíque, quase dois anos mais novo, que lhe exigia extrema paciência nos sábados e domingos em que se encontravam.

***

Naquele ano eu viajava menos a trabalho, devido à troca do meu superintendente em São Paulo e à consequente interrupção do serviço que eu lá realizava. Meu novo chefe levara três meses para fazer o primeiro contato – telefônico! – comigo, e eu sabia claramente que estava sendo "fritado".

Houve, em outubro, uma reunião em SP, durante a qual tive certeza de que meus dias no Blaston estavam contados. O até então gerente da regional de Campinas havia sido demitido e estava se despedindo naquele momento. Dos quatro profissionais mais ligados ao superintendente anterior, apenas eu sobrara. Para piorar, concluí, pela falta de espontaneidade com que o novo chefe se dirigia a mim, que ele sabia do trabalho que eu realizara no Rio de Janeiro quase um ano antes.

Naquela oportunidade, meu então superior me pediu que avaliasse, numa visita ao Rio do grupo de trabalho por mim coordenado – para viabilizar a terceirização de nossa própria área –, cujo propósito oficial era analisar um contrato-piloto ali existente, qual era o "mistério" que cercava aquela regional. Segundo ele, a gerência do Rio sempre tinha mil desculpas para não implantar o modelo de contratações adotado nas outras unidades. Em outras palavras, pediu-me que fizesse ali uma auditoria secreta.

Em dois dias, analisei o modelo vigente e coletei os dados gerenciais necessários. Fiquei embasbacado! Quando terceirizaram os serviços dos artífices de manutenção, foi contratada uma empresa que servia meramente como locadora de mão-de-obra. Os funcionários – os mesmos de antes, desligados do banco – continuavam a se reportar aos seus antigos chefes, técnicos do banco, estes sim, responsáveis pelo planejamento, supervisão e gestão dos trabalhos. Numa segunda etapa da terceirização, os técnicos foram demitidos e ingressaram em outra empresa, mas permaneceram dando ordens aos artífices e se reportando aos engenheiros do banco. Na terceira etapa, que então se iniciava, os engenheiros estavam sendo terceirizados, mas o **modus faciendi** permaneceria o mesmo, ou seja, eles se reportariam ao núcleo gerencial de engenharia remanescente. Em resumo, ao fim do processo, havia as mesmas equipes, que faziam os mesmos serviços, dentro da mesma estrutura hierárquica, só que com três empresas interpostas que faturavam com a intermediação. Além de uma solução cara, era ilegal e trazia riscos de prejuízo futuro para o banco, pois a exclusividade da prestação de serviços – a um cliente único –, conjugada com subordinação e pessoalidade, levaria a justiça trabalhista, se acionada, a conceder o vínculo trabalhista com o banco.

Como esse modelo era replicado em regiões nos estados do Rio, Espírito Santo e parte de Minas, eram muitas as empresas envolvidas, o que o tornava confuso para quem não tivesse experiência na área. Para piorar, as contratações não tinham valores competitivos.

Como resultado de tudo isso, os gastos mensais da regional com contratos de manutenção chegavam a 150 mil dólares, enquanto a regional Campinas, com uma infraestrutura muito parecida, executava o mesmo trabalho por 50 mil dólares. Ou seja, a unidade do Rio "queimava" 100 mil dólares por mês graças à sua má gestão.

Na semana seguinte ao meu retorno a Brasília, meu chefe foi me visitar exclusivamente para que eu lhe explicasse isso. Mostrei-lhe todos os dados, inclusive os comparativos com Campinas. Havia um problema, que não me pareceu importante à época: algumas pessoas – a secretária do meu superintendente, inclusive – sabiam dos reais motivos de minha visita ao Rio, o que facilitava o vazamento dessa informação.

Agora, um ano depois, meu novo superintendente era o ex-gerente regional do Rio de Janeiro, exatamente quem concebeu aquele modelo e o deixara a cargo de um confiável discípulo ao ser transferido para São Paulo.

Diante de todo esse quadro, deduzi que seria o próximo a receber o cartão vermelho. Voltei a Brasília tentando entender o porquê de ter ficado por último. Certamente, o motivo era o desconhecimento, por parte da nova superintendência, das peculiaridades da área de atuação da unidade de Brasília, a qual abrangia toda a região Norte. Além das deficiências de fornecimento de energia elétrica, a solução dos problemas de manutenção era muito diferente da adotada no Rio, em São Paulo e mesmo em outras regiões.

Passadas apenas duas semanas da fatídica reunião de São Paulo, meu novo chefe foi a Brasília proceder à minha demissão. Uma cena um tanto patética, já que não havia um motivo oficial. Alegou somente que eu não estava integrado à nova equipe, tanto que não pernoitara em São Paulo depois da reunião, como os demais. Respondi apenas que ele não precisava dar explicações, mas que aquela desculpa era totalmente descabida, pois todos sabiam que eu tinha um filho pequeno para cuidar e não estendia minhas viagens à toa.

Passaram-se mais uns sete anos até descobrirem que esse superintendente, bem como seu discípulo do Rio, recebia propinas de empresas contratadas, quando então, finalmente, foram demitidos. Da minha época, algumas pessoas já sabiam que ele privilegiara (inclusive com um contrato com sobrepreço) duas arquitetas da regional de São Paulo, ex-funcionárias do banco, que se tornaram suas amantes.

Quando do meu afastamento, recebi sete salários a título de gratificação. Somados às demais parcelas das verbas rescisórias, dava para viver tranquilamente por mais de um ano sem trabalhar. Podia, portanto, pensar com calma no meu futuro.

Foi uma experiência nova e interessante, nos dias que se seguiram, descer às 10h da manhã e jogar futebol com você e seus amigos. Que sensação diferente, de descompromisso! Mas durou apenas uma semana, pois cedi à influência de Rosa e me associei à sua firma de locação de celulares.

Caramba, que semestre conturbado! Nossas vidas sendo chacoalhadas a todo o momento! E ainda conheci outra nova sensação naquele fim de ano: nas raras viagens que fiz nesse período, um sentimento de pânico tomava conta de mim ao chegar nos aeroportos. Sempre tive medo de altura e não gosto de aviões, a despeito de já ter decolado centenas de vezes, mas naquela fase era diferente. Ao embarcar, não sentia medo por mim, mas por você. Meu Deus, se eu morresse, como você ficaria? Seus avós estavam velhos, e entre seus tios não vislumbrei nenhum lar estável, harmônico e coerente com a educação que eu lhe dava. Fiquei avaliando aquele medo por um bom tempo quando ele surgiu pela primeira vez. A morte não me causava medo algum, mas a possibilidade de deixá-lo sozinho me aterrorizava!

25. UM ANO MAIS TRANQUILO

O ano seguinte, 1995, trouxe mais estabilidade às nossas vidas. No final de abril, fiz concurso para o TCU e passei. Fiz 45 dias de cursinho, no qual tive contato com matérias até então desconhecidas por mim – direito, economia, contabilidade, administração financeira-orçamentária. Não deixei de atentar para o fato de que, se não tivesse sido despedido meses antes, não poderia ter dedicado as manhãs ao cursinho e, portanto, não teria ingressado no TCU, um dos melhores empregos públicos do país. É a Sabedoria da Existência agindo... Cada vez mais aumentava minha convicção de que, se você for bom e se esforçar para cumprir bem o seu papel, o universo conspirará a seu favor.

Você continuava sendo uma criança maravilhosa, rara: gentil, educada, inteligente, responsável, carinhosa. Desde o ano anterior, dedicava atenção aos hamsters que me fizera comprar. A fêmea do primeiro casal que tivemos engolia os filhotes recém-nascidos – no intuito de protegê-los, disseram-nos. Chegamos a separá-la das crias ao nascerem. Daí, pegávamos os bichinhos na mão e tentávamos fazê-los sugar uma gota de leite na ponta do dedo, conforme nos ensinaram. Em pouco tempo os filhotes – que mais pareciam miniaturas de monstros, ao nascerem – morriam.

Trocamos a fêmea e, aí sim, tivemos uma grande parideira. A cada 45 dias, depois de algumas semanas observando uns oito filhotes por vez aprontarem as maiores peripécias na rodinha dentro da gaiola, levávamos os bichinhos para vender, numa loja de animais da Asa Norte. Você saía satisfeito com os 3 reais por unidade que recebia.

Tivemos hamsters por quase um ano. Em meados de 1995, você deu o casal a alguém. Desde então, começou a pedir insistentemente um... cachorro! Caramba, como é que iríamos criar um cão num apartamento? Respondia-lhe que, no Natal, se ainda o quisesse, ganharia o animal. Isso por dois motivos. Primeiro, porque era uma técnica que eu usava: deixar passar uns meses para avaliar se você desejava mesmo o que pedia; segundo, porque eu começava a amadurecer a ideia de nos mudarmos para uma casa.

Próximo ao fim do ano, comprei um livro sobre cães para avaliar quais raças podiam ser criadas num apartamento sem maiores transtornos, pois você não se esquecera sequer um dia do presente prometido e eu ainda não viabilizara a mudança para uma casa. O animal teria que ser brincalhão, de pequeno porte, latir pouco e ter pelo curto, para não dar trabalho. Beagle foi a melhor opção que encontrei.

Faltavam poucos dias para o Natal quando fomos dar uma olhada em algumas lojas de animais, numa manhã de sábado. Na Asa Norte, encontramos uma beagle com 45 dias de idade. Quando você colocava a mão em sua gaiola, ela se aproximava até lhe encostar, com um latido triste, carente. Peguei várias informações com o dono da loja. Enquanto isso, uma senhora, que a tudo observava, comentou:

- Levem ela logo, tadinha, para que já passe o Natal em família!

Você se mostrava bastante animado com a ideia. Seguimos para nossos outros afazeres enquanto eu observava se aquela era realmente a cachorra que você queria. Ao fim do dia, disse-lhe que, se era mesmo o que você desejava, eu a adquiriria na segunda-feira. À noite, saí com Rosa. Ao retornar, você já havia ido dormir, mas deixara um bilhetinho para mim. Dizia: "Pai, já sei o nome que vou dar pra minha cachorra, vai ser Bia".

Na segunda-feira, quando a peguei – com gaiola e tudo –, vi que havia nascido no Rio de Janeiro e tinha uma caderneta de vacinação já com seu nome, Laysa, o qual você optou por manter.

Laysa teve que morar conosco no apartamento por mais de um ano, até que nos mudamos para uma casa no Lago Norte. Nesse período, além de brincar muito, correr e passear conosco na Octogonal e no Parque da Cidade, também roeu pés de armários e outros móveis. Há uma foto dela deitada no tapete da sala, ao lado de um enorme rombo que fizera no estofamento do sofá. Durante um bom tempo, Laysa o acordava de manhã. Eu a soltava (pois pernoitava presa na área de serviço) no horário certo, daí ela corria ao seu quarto, botava as patinhas dianteiras sobre sua cama, latia e lambia seu braço.

***

Mesmo estando vivendo um ano mais tranquilo, às vezes você se lembrava da morte de sua mãe e sofria. Sua postura resignada, por outro lado, me surpreendia. Não reclamava de ser órfão e nem da perda dos amigos mais próximos. Não demonstrava em nenhum momento ter pena de si mesmo. Se a forma como eu o criava já fazia você amadurecer rapidamente, as vicissitudes enfrentadas trataram de acelerar ainda mais esse processo.

Um acontecimento corriqueiro fez com que você percebesse que estava "quase" sozinho no mundo, ou seja, que só tinha o pai, em que pese nessa época convivermos muito com seus avós e primos, do meu lado da família. Eu jogava peteca no Clube Naval com amigos, às terças-feiras à noite. Certa vez, ao chegar em casa, por volta de 21h30, surpreendi-me com uma cena inusitada: estavam na sala, sentados no sofá, você – com cara de choro –, sua tia Daisy ao seu lado – seriíssima –, e Lala. Imediatamente perguntei:

- O que aconteceu?

- Lala me ligou e disse que Dênis estava chorando sem parar, porque você tinha sumido – Daisy respondeu.

Estranhei aquilo, pois, não obstante meu celular estar sem bateria, Dênis e Lala sabiam que eu jogava peteca toda terça à noite. Lala esclareceu:

- PC ligou aqui, e Dênis atendeu. Perguntou por você e, quando Dênis disse que você estava na peteca, ele falou "não está não, liguei há pouco para Rosa, e seu pai não estava lá". Daí, Dênis começou a chorar. Liguei no seu celular e no de Rosa, mas ninguém atendeu. Como ele não parava de chorar, liguei pra Daisy.

Nesse momento, minha irmã já se levantava e se dirigia à porta. Ela também tinha dois filhos em casa para cuidar. Enquanto isso, eu imaginava o diálogo travado com PC e sua característica delicadeza paquidérmica. Provavelmente, estava dando risadas quando disse "seu pai não está lá não", para plantar dúvida e medo em sua cabeça, sem ter a exata noção de como isso poderia afetá-lo.

De fato, naquele dia me atrasei um pouco para chegar ao clube e estava sem bateria. Rosa atendeu a ligação de PC pouco antes de o jogo começar; depois, não mais atendeu – naquele tempo não existiam serviços como identificador de chamadas e caixa postal.

Um desencontro banal, acrescido da absoluta falta de sensibilidade de PC com crianças, causara aquele drama.

Depois de todos saírem e eu o acalmar, fiquei a imaginar se aquela teria sido a primeira vez em que passara pela sua cabeça: "e se eu perder meu pai também?". Era desesperador para você, claro.

Na semana seguinte, ao contar o episódio para Aline – mãe de Adriel –, ela me fez uma confissão:

- Acho que falei o que não devia ao Dênis. Outro dia eu lhe disse que ele precisava tomar conta de você, porque ele só tem você. Falei pra ele "e se acontecer alguma coisa com seu pai? você não tem mais sua mãe! Se perder seu pai, vai ficar sozinho!". Ele pode ter ficado impressionado.

Caramba, como as pessoas podem ser tão sem noção assim? Falar isso para uma criança de 8 ou 9 anos? Ficou claro, então, o porquê do seu desespero no dia da peteca. Aline fala uma asneira dessa e, coisa de uma semana depois, PC completa, ao dizer que eu havia sumido.

***

Outro fato marcante do ano foi seu tratamento dentário. Você ainda tinha 9 anos quando nosso dentista recomendou que procurássemos um ortodontista e indicou um seu conhecido. Lá fomos nós, iniciar outra desgastante jornada.

Depois de diversas radiografias, molde de gesso e esquemas traçados com retas e ângulos, tudo agrupado num **book**, o fulano indicado deu o veredicto: você teria que usar, desde logo, o chamado freio-de-burro, de modo a forçar sua arcada superior para trás, pois estava desalinhada com a inferior. Problemas secundários, como a posição indevida da linha média, seriam corrigidos posteriormente. E como usar? Vinte horas por dia, num período estimado de um ano. Paguei a primeira parte do valor cobrado, referente a consulta, exames e colocação do aparelho e à qual se seguiriam as parcelas correspondentes às visitas mensais – um salário mínimo, ou cerca de 100 dólares, à época –, e fomos para casa.

Conversei muito com você no caminho. Alertei-o de que poderia ficar sem o aparelho apenas num período do dia: pela manhã, quando descesse para brincar; à tarde, na escola; ou à noite, antes de ir dormir. Você escolheu a manhã e mostrou-se até ansioso para ir à escola com o aparelho. Estava gostando da ideia. Fiquei satisfeito, mas sabia que aquilo não duraria muito tempo.

À medida que seu desinteresse pelo acessório crescia, eu reforçava a importância do seu uso correto. Dizia e repetia que, se o usasse adequadamente, você se veria livre daquilo em um ano. Seria um ano de sacrifício e pronto, não mais haveria aquele incômodo. Você correspondia plenamente, usava o bendito freio-de-burro por 20 horas diárias.

Passadas algumas semanas, ao seu incômodo e à infeliz aparência veio se juntar o cheirinho desagradável da parte revestida de tecido do aparelho, que pressionava seu pescoço e absorvia seu suor.

O que mais me angustiava era ouvir, quando de nossas visitas mensais ao orto, que ainda não havia tido nenhuma evolução, mas que isso aconteceria a qualquer momento, por ocasião do pico de crescimento previsto para sua idade. Saía da consulta pensando "são cinco (depois seis, sete, oito...) meses que Dênis tolera essa porcaria à toa".

Não faltava muito para inteirar um ano quando, em Dores do Indaiá, sua tia Gláucia – também ortodontista – tratou de conversar comigo a respeito. Mesmo sem olhar seu **book**, ela afirmava que o tratamento estava errado, que você não deveria estar usando o freio-de-burro e que não houvera nenhuma evolução. Ao ouvir de mim que seu dentista aguardava o pico de crescimento, afirmou:

- Isso é bobagem, você pode ver se o pico está próximo por meio de radiografias periódicas da mão. Não precisa gastar dinheiro e nem submeter a criança a esse sacrifício.

Tomei uma decisão: ao voltar a Brasília, procuraria pelo melhor ortodontista da cidade, pelo bam-bam-bam no assunto. Pagaria uma consulta, mesmo que muito cara, para obter um diagnóstico: o tratamento está errado? Nesse caso, qual seria o correto?

Assim procedi. Com muito tato, pedi seu **book** ao seu ortodontista:

- Olha, já tem mais de dez meses que Dênis está usando este aparelho sem resultados, e eu gostaria de avaliar outras opções. Por isso, gostaria de levar os exames dele.

Para minha surpresa, o cara se levantou, visivelmente nervoso, estendeu-me o material e disse, com rispidez:

- Você faça o que achar melhor. Tem todo o direito de fazer o que bem entender!

Simplesmente peguei o material, agradeci e saí. Se alguém ali tinha motivo para ficar bravo, esse alguém era eu, pelo dinheiro e tempo perdidos, além do seu sacrifício inútil. E foi o sujeito que deu chilique. Além de incompetente, era deselegante e destemperado.

Na semana seguinte, chegava com tudo debaixo do braço ao consultório do Dr. Brezolin, indicado como referência em Brasília. Depois de uma certa resistência inicial, marcada pelo desconforto de criticar o trabalho de um colega, ele acabou por deixar claro que o tratamento estava errado. Estava-se corrigindo um problema – o recuo da arcada inferior – com outro – puxando a arcada superior. O correto seria um aparelho interno, que forçasse a arcada inferior para a frente.

Ao final, disse que não mais tratava desses casos e indicou o nome da Dra. Beatriz. Saí de lá revoltado com o "profissional" sugerido pelo meu dentista de muitos anos, a quem relatei, na primeira oportunidade, todo o episódio. Espero ter ficado claro que ele deveria se abster de recomendar aquele sujeito. Uma dúvida remanesceu: o cara era apenas incompetente ou seria também desonesto e inventava tratamentos inócuos com o intuito de cobrar mais?

Depois de alguns meses de acompanhamento por meio de radiografia das mãos, você passou a usar diferentes tipos de aparelhos – todos internos – por três anos, quando concluiu seu tratamento, exatamente na forma e prazo previstos por Dra. Beatriz.

***

Afora pequenos episódios, nossa rotina estava tranquila. Pouco antes de sair de casa, por volta de 08h45, acordava-o, numa cena sempre bem-humorada – muitas vezes com a participação de Laysa –

em que uma ótima energia fluía. Deixava seu desjejum pronto na mesa. Alternava entre sanduíche de presunto e queijo com suco de laranja e bolo ou biscoitos de chocolate com Toddy.

Depois, você passava a manhã brincando, muitas vezes em casa mesmo e sozinho, agora que Felipe e Dudu haviam se mudado. Almoço ao meio-dia com Lala e, às 13h, você estava na guarita da quadra para tomar o ônibus escolar. Às 19h chegava de volta da escola, tomava banho, jantava e fazia o dever de casa. Quando estava prestes a concluí-lo, era a hora em que eu geralmente chegava em casa, a tempo de corrigi-lo ou auxiliar em alguma dificuldade.

Quase todas as noites eu tinha alguma atividade até as 21h: às segundas, fazia a nossa compra da semana de carne, verduras e legumes; às terças, jogava peteca; às quartas, preparava o material a ser apresentado para o grupo por mim coordenado nas noites de quinta – estudei e em seguida atuei como monitor da sala de reforma íntima, do Centro Espírita André Luiz, no Guará. Apenas às sextas, quando era comum sair com amigos até mais tarde, a rotina mudava. Então, depois de verificar seus deveres e tomar banho, assistíamos a algum jogo ou filme na tevê, muitas vezes brincando – lembra-se do "Ligue 4"? – simultaneamente.

Quando não havia jogo de peteca, eu corria em volta de todo o Setor Octogonal. Você gostava de me acompanhar e o fazia sempre que possível, só que era meio preguiçoso para correr. Daí eu prometia três pacotinhos de figurinhas (não me lembro de que álbum) se você conseguisse chegar ao final junto comigo. Assim, assegurava que você não sairia da minha cola.

Fico impressionado em pensar em como o tempo rendia naquela época! Eu trabalhava bastante, fazia frequentes viagens curtas, era "dono-de-casa", pai solteiro, fazia esporte e uma atividade espiritual, namorava, saía com amigos no fim de semana, levava-o ao dentista, a passeios... Concluí que a Existência provê as pessoas do tempo de que elas precisam.

E por falar em tempo...

26. O PARADOXO DO TEMPO

Os chamados filmes de época nos dão uma boa ideia de como a humanidade lidava com o tempo. Veja como eram as coisas até o século XIX: a jovem e nobre senhora, perguntada sobre o que faria depois do almoço, respondia "vou escrever uma carta a fulano". E assim fazia. Escrever uma carta era programa para uma tarde inteira. Hoje em dia, você escreve um **e-mail** enquanto almoça.

E as viagens, então? Semanas eram despendidas em deslocamentos por meio de charretes ou barcos. Diz-se que o tempo passava lentamente naquela época.

As mais prosaicas atividades diárias tomavam boa parte do dia das pessoas comuns. Tomar banho requeria ir buscar a água, esquentá-la (no fogão à lenha, que também tinha que ser obtida no campo) e despejá-la numa bacia; lavar roupas, grande esforço, pois tudo era feito "na mão"; um simples café da manhã exigia que se tirasse o leite da vaca (ou que se deslocasse diariamente para comprá-lo), se fabricasse o pão, o bolo ou o biscoito, que se colhessem (ou comprassem) as frutas para o suco (espremidas à mão, frise-se). Lembre-se de que não se estocava quase nada, pois não havia geladeira.

Para as demais refeições, o mesmo preparo artesanal. Fazer uma macarronada se iniciava com a compra da farinha para se fabricar a massa. A impressão que nos dá é de que o tempo da vida doméstica era totalmente tomado pelos rituais alimentares: às 5h da manhã, o desjejum começava a ser preparado; concluído este, já se iniciavam os procedimentos para o almoço; depois de uma curta **siesta** – para quem podia –, começavam os preparativos para lanche e jantar. E, assim, os dias passavam.

Dentro de casa, as tarefas não apenas consumiam tempo, mas também exigiam esforço físico. Para o preparo das refeições, carregavam-se lenha e panelões de ferro de um lado para outro; preparavam-se as massas – pães, bolos – apertando-as com as mãos; e até uma simples galinha precisava ser morta e depenada manualmente antes de ir para a panela. Lavar roupas (o que, às vezes, tinha de ser feito num riacho próximo), estendê-las, buscar baldes d'água, colher frutas, legumes e verduras (ou ir à feira diariamente comprar), tratar dos animais, limpar a casa, lustrar o chão com escovão (pesadíssima elipse de ferro na ponta de um cabo de madeira, sob a qual colocava-se uma flanela e que era empurrada em seguida pelos cômodos com pisos de madeira – precedeu a enceradeira). Era muito tempo e esforço!

No século XX, a tecnologia chegou para facilitar nossa vida e otimizar o uso do tempo. Além da geladeira – que representou uma verdadeira revolução, dada a possibilidade de armazenar os alimentos –, vieram o fogão a gás, a lavadora/secadora de roupas, o liquidificador, o microondas... As facilidades de comunicação e transporte permitiram que um alimento industrializado fosse enviado a centenas de quilômetros em poucos dias. Agora, em vez de comprar a farinha e preparar a massa, você já podia abrir um pacote de macarrão e cozinhá-lo em poucos minutos.

A humanidade, portanto, tinha motivos para comemorar: nada mais de atividades demoradas que exigiam esforço físico. O tempo finalmente poderia ser aproveitado com afazeres mais úteis e agradáveis!

Rapidamente essa sobra de tempo foi ocupada por mais trabalho – cumprido, desta feita, sentado numa cadeira – e por novos entretenimentos – a bendita tevê deve responder por metade desse item. Mas aí surgiu um detalhe: o sedentarismo decorrente da modernidade passou a provocar sobrepeso e sérios problemas de saúde na população urbana. Uma consequência disso foi a proliferação de academias de ginástica nas cidades, que propiciam às pessoas a oportunidade de um mínimo de exercícios físicos.

Para resumir essa "revolução do tempo" de forma simplista, pode-se dizer que a humanidade conseguiu economizar o tempo despendido com esforço físico em suas atividades diárias, para que então você pudesse aproveitar esse tempo livre e ir à academia fazer... esforço físico.

Essa questão do tempo ainda se mostrou, no aspecto econômico-profissional, uma grande ilusão da humanidade. Nos anos 70, dizia-se que as maravilhosas potencialidades da eletrônica, da mecatrônica e da computação iriam trazer imensuráveis benefícios à população.

Com as máquinas fazendo boa parte do trabalho, as pessoas não mais teriam de trabalhar de oito a dez horas por dia. Quatro seriam suficientes. O tempo restante poderia ser dedicado à família, à cultura, ao lazer. Mas a lógica perversa da competitividade globalizada mostrou tratar-se de uma doce ilusão. Os trabalhadores continuaram com a mesma carga horária e, em síntese, uma de duas consequências aconteceu: grande aumento de produtividade com menor custo – quando havia mercado para absorver a produção –, ou desemprego. Fácil imaginar: em vez de dois empregados com quatro horas de labuta por dia, bastou manter um por oito horas diárias.

Vi isso acontecer na área bancária. Na década de 70, como menor-estagiário do Banco do Brasil, ficava impressionado com o mar de gente nas inúmeras filas, hoje desaparecidas, nos caixas da agência central de Brasília. Em meados dos anos 80, quando ingressei no Grupo Blaston, havia 1 milhão de bancários no país, 100 mil deles no Blaston; quando saí, apenas 10 anos depois, eram 400 mil bancários no país, 40 mil no Blaston.

27. CONSCIÊNCIA ÉTICA

No final de 1995 e no decorrer de 1996 frequentei o curso de formação do TCU, e entre as disciplinas ministradas, duas me marcaram muito: Introdução à Filosofia e Ética. Nunca havia enxergado a ética como uma subdivisão da filosofia. Quando vi o nome da disciplina no programa do curso, imaginei que apenas tomaríamos ciência do conjunto de regras de conduta norteadoras da profissão. Que agradável surpresa!

Saber que alguns gênios da humanidade estudaram profundamente como deveria ser a postura do homem perante a sociedade, de modo a delinear a lógica que deveria pautar seu comportamento, foi de causar êxtase. Melhor ainda foi observar a aplicação prática de suas conclusões no dia a dia.

Você, desde cedo, demonstrou sinais de consciência social, honestidade e senso de justiça. Aos 8 anos, ao brincarem no chuveiro na casa de Adriel, vocês acabaram por derrubar a porta de vidro temperado do boxe. "Tia" Aline lhes deu grande pito, enquanto afirmava que haviam causado prejuízo de 100 reais. Segundo narrado pela própria, depois de acalmada a situação você foi até ela com 30 reais na mão e disse, ao lhe entregar o dinheiro, que era para ajudar a pagar o prejuízo. O mais interessante do episódio é que sua semanada à época era de 5 reais, então o valor que você estava disposto a pagar equivalia a muitas semanas de poupança.

Mais marcante foi seu comportamento no Carrefour, aos 9 anos. Você quis ir comigo fazer algumas compras, num início de noite qualquer, e pediu para ir ver CDs enquanto eu pegava diversos produtos. Quando eu estava na fila do caixa, você se aproximou e pediu para comprar determinado CD. Concordei.

Estava terminando de passar todo o conteúdo do carrinho de compras pelo caixa no momento em que você retornou com o disco e o estendeu ao funcionário. Este, ao pegá-lo e observar o invólucro quebrado, disse, ao tempo em que esticava o braço para devolvê-lo:

- Este aqui está quebrado.

- Eu sei, é porque caiu – foi sua resposta, mãos apoiadas no balcão.

- Mas você pode trocar.

- Não, fui eu que deixei cair.

Já demonstrando certa impaciência e ainda com o braço estendido, o caixa insistiu:

- Quando quebra lá dentro, pode trocar – ele se referia à sala exclusiva de venda de CDs.

- Mas não foi lá que eu deixei cair, foi aqui fora.

Finalmente, o funcionário recolheu o braço e passou o produto, meneando a cabeça, com expressão de quem pensava "é cada idiota que me aparece!".

A 2 metros de distância, eu acompanhava toda a cena, enquanto empacotava as compras. A satisfação e o sentimento de realização que tomaram conta de mim eram indescritíveis. Acometia-me a sensação de que minha principal missão de pai, ao menos a relacionada à sua infância, estava cumprida: eu lhe transmitira valores, caráter, ética, personalidade.

Mais uma demonstração de senso ético ocorreria mais tarde, desta vez numa cena não tão agradável para mim. Ali pelos seus 11 ou 12 anos, estávamos com empregada nova em casa – Cesi, que permaneceria conosco até falecer, 9 anos mais tarde. Não era raro eu saber quantos cigarros restavam num maço aberto, bem como quantos maços havia num pacote já em uso, e notei, certo dia, a falta de um maço inteiro. Alertei Kátia:

- Olha, parece que nossa nova secretária pegou um maço de cigarros meu.

- Estranho... Ela disse que não fuma.

- É, mas pode ser que o namorado fume, ou uma amiga, sei lá. É bom você dar uma apertada nela, porque isso é um péssimo sinal.

No dia seguinte, durante o almoço, o assunto voltou à pauta, com Kátia dizendo que interpelara Cesi a respeito. A nova ajudante havia se mostrado muito segura ao afirmar que nada pegara.

- O problema é que não há alternativa, já que ninguém esteve aqui em casa nos últimos dias – retruquei.

Encerramos a conversa. À noite, fui lhe fazer o rotineiro carinho de boa noite, e, quando lhe dava o beijinho de despedida e me levantava, você disse:

- Pai, fui eu que peguei o cigarro.

- Que cigarro? O maço que sumiu?

- É.

- Pra quê? – perguntei, por imaginar que alguém (sua avó, por exemplo) lhe havia pedido.

- Ué, pra fumar! – foi sua resposta.

Contive-me por alguns segundos, tempo suficiente para concluir que aquela não era uma boa hora para discutir o caso. Você tinha uma prova na manhã seguinte, e não seria prudente arriscar sua noite de sono. Tentei aparentar calma quando acrescentei, antes de sair do quarto:

- Tá bom, outra hora a gente conversa melhor sobre isso.

Voltei para a sala e contei o episódio para Kátia, dividido entre a triste surpresa de saber das pitadas escondidas e a alegria de ver que você assumira o risco de sofrer consequências pelo seu ato para evitar uma eventual injustiça com outra pessoa.

Dias mais tarde, tive uma longa e calma conversa com você, na qual expus a inconveniência de se criar um vício quando as ações antitabagistas estavam cada vez mais agressivas, expliquei minha dificuldade para deixar de fumar durante o dia, já que se tornara proibido o tabaco em repartições públicas, além, é claro, dos males causados pelo uso em excesso.

Ao final, você me contou que fumara com Adriel no último dia em que haviam ficado sozinhos em casa, numa tarde de sábado, e perguntou se eu queria o maço de volta. Foi pegá-lo num esconderijo na parte de baixo de seu armário. Abri e olhei. Faltavam apenas dois cigarros.

28. SAI ROSA, ENTRA KÁTIA

No capítulo anterior fiz menção à presença de Kátia em nossa casa. De fato, desde o Natal de 1995 meu relacionamento com Rosa estava um tanto débil. Na noite de 23 de dezembro eu havia saído com sua tia Margarida, que acabara de romper um relacionamento de 12 anos e precisava conversar. Ao chegar em casa pouco depois das 2h da manhã, encontrei Rosa ali dormindo, para minha surpresa. Logo notei que ela estava acordada e cheia de raiva, só não entendi o porquê. Então, reclamou do horário da minha chegada, por suposta preocupação. Mas eu estava com o celular, bastaria ter me ligado para se certificar de que estava tudo bem. Antes de dormir, refleti sobre o assunto. Lembrei-me de que Rosa reclamara enquanto me arrumava para sair. Afirmou que eu estava "bem vestido demais" para sair com a irmã – na hora, retruquei que usava aquela mesma calça e camiseta polo para trabalhar durante a semana.

No dia seguinte, véspera de Natal, Rosa saiu cedo. Depois, eu soube que fora à casa de minha mãe, chorar e reclamar sei lá do quê. Ainda abalado por seu estranho comportamento, atinei que estava lidando com uma pessoa que tinha o pior dos ciúmes: ciúme de atenção. Para ela, era insuportável não ser, o tempo todo, minha principal preocupação. O mesmo motivo a havia levado, no início de nosso namoro, à dificuldade de se relacionar com você.

À noite, o clima estava horrível! Celebrávamos a data na casa de sua tia Daisy. Rosa lá chegou, com ar de infelicidade, sorrisos forçados, sem conversar com ninguém. Fiquei ao lado dela, ofereci-lhe algumas coisas – vinho, refrigerante – mas tudo era negado. Foi embora pouco depois das 23h, pois cearia na casa da irmã.

No dia 25, Rosa foi almoçar na casa de sua vó Ilka. Mantinha o comportamento da véspera. Não entendi por que foi, se não estava bem. Já não bastava ter comprometido a noite de Natal, iria comprometer também o "enterro dos ossos", como chamávamos o almoço do dia 25?!?

Mas Rosa não ficou muito tempo. Disse que queria ir embora, então a levei à porta de serviço. Antes de entrar no elevador, virou-se para mim e começou a me provocar. Com ódio nos olhos, o dedo indicador quase enfiado no meu nariz, procurava me agredir com argumentos ilógicos. Chamou-me até de covarde, por eu não estar discutindo com ela. Encostado no marco da porta, sem esboçar reação, eu apenas repetia:

- Amanhã nós conversamos. Não vou promover nenhum escândalo na casa de minha mãe.

Rosa foi embora furiosa por não ter conseguido seu intento: "armar um barraco", uma cena de dramalhão. Caramba, como pode uma cabeça funcionar assim? Tudo o que ela queria era uma calorosa briga na porta do apartamento da sogra. Como eu ainda possuía resquícios de minha fase nirvana, soube não entrar naquele jogo e não reagi. Ainda bem!

Na tarde do outro dia, telefonei-lhe e a convidei para sairmos e conversarmos. Mostrou-se muito calma e marcou hora e local onde eu deveria pegá-la.

Na hora marcada, assim que entrou no carro, sugeri um barzinho tranquilo, ao que Rosa respondeu:

- Eu não queria ir a um local público. Sei que vou chorar e não quero me preocupar com os outros.

- Alguma sugestão? Talvez o Parque da Cidade...

Depois de alguns segundos de silêncio estrategicamente planejados, propôs:

- Você se incomodaria de ir pra um motel?

Dei de ombros e segui para o Núcleo Bandeirante. Pressentia que ela percebera minha determinação em tomar uma atitude mais drástica e recolhera as armas. Iria, agora, se fazer de frágil.

Tudo correu como previsto. Ao entrarmos no quarto, Rosa começou a chorar, pediu que a abraçasse, disse que estava se esforçando, mas ainda tinha muito que amadurecer e superar, que só conseguiria isso com minha ajuda, blá, blá, blá. Em seguida, veio a sedução – muito bem conduzida, por sinal – e o sexo intenso, marcante. No meio de tudo isso, fiz-lhe uma promessa, enquanto olhava firmemente em seus olhos:

- O Natal é uma data muito importante para mim, e você estragou o meu Natal. Mas eu lhe garanto uma coisa: nunca mais você vai estragar o meu Natal ou o Natal da minha família.

No final do ano seguinte, não estávamos mais juntos.

***

Desde o início de 1996, o casamento de poucos meses de sua tia Kátia estava em crise, o que a fez, inclusive, se mudar por algumas semanas para a casa de Clara e Rubinho. No segundo semestre, acabou por se separar definitivamente e nos visitou, em seguida, em Brasília. Nos 17 anos em que nos conhecíamos, foi a primeira vez em que nos encontramos ambos descompromissados, e sabíamos que havia certo clima, certa atração entre nós. Com muito cuidado, fui permitindo que esse clima romântico se instalasse.

Poucas semanas depois, no final de outubro, Kátia iria passar um feriado conosco em Caldas Novas, e havíamos decidido expor o relacionamento que se iniciava. Às vésperas da pequena viagem, aproveitei um momento em que você se sentou ao meu lado, na minha cama, e falei a respeito:

- Dênis, tenho uma coisa para falar contigo. – Olhando para baixo, você aguardou que eu prosseguisse.

- Como você sabe, já faz alguns meses que eu e Rosa terminamos e que Kátia se separou. Bom, o fato é que eu e sua tia sempre gostamos muito um do outro e, agora, estamos pensando em namorar.

Você se manteve com os olhos baixos enquanto aguardava minha conclusão. Continuei:

- Apesar de a gente se conhecer há muito tempo, não sabemos se dará certo. Então, pode ser que daqui a poucos meses a gente conclua que devemos ser mesmo só amigos.

Minha intenção era não o iludir com a ideia de que seu pai e sua tia predileta – e madrinha – iriam se casar e então teríamos um lar "normal" novamente. Ao final, provoquei:

- Espero que você não ache ruim eu namorar sua tia Kátia...

- Ham-ham... Eu vou achar muito ruim, mesmo! – foi seu comentário irônico, que demonstrava toda sua satisfação com a notícia.

Assim Kátia entrou em nossas vidas, menos de três meses depois da saída de Rosa, que ainda me procuraria várias vezes, arrependida do comportamento e das atitudes que tivera – como era usual. Em dezembro, sua tia pediu licença por interesse particular de seu trabalho como professora da prefeitura de Betim e mudou-se para Brasília.

Foram meses de muitas novas emoções, pois nesse mesmo período mudamos de casa e viajamos para os Estados Unidos.

Por dois meses eu procurei uma casa barata no Lago Norte, até que em meados de dezembro, já com sua tia acompanhando e dando opiniões – olha o dedo do destino aí, ou a Sabedoria da Existência agindo! –, encontramos a casa na qual você moraria até ficar adulto. Quando a vi pela primeira vez, tive a impressão de que não me desvencilharia dela facilmente: apesar de antiga e necessitada de uma boa reforma, possuía um apartamento anexo com dois quartos, sala, cozinha e banheiro, perfeito para seus avós morarem – olha o dedo do destino aí de novo! Explico: inquilino da UnB por quase 20 anos, a estabilização econômica conjugada com a aposentadoria de seu avô Élson e uma ação renovatória promovida pela UnB fizeram com que o aluguel do apartamento em que moravam, na 206 Norte, acrescido do condomínio, totalizasse o mesmo que a renda dele. Na verdade, eu e sua tia Daisy já vínhamos dividindo o aluguel, dada a insuficiência dos proventos de seu avô. Estávamos, portanto, à procura de uma alternativa de moradia para eles, e aquela casa propiciaria esse bônus.

Quando o então proprietário reduziu o preço inicial pedido – o que me permitiria fazer a reforma –, fechamos negócio. Finalmente Laysa teria espaço e não precisaria ficar trancada boa parte do dia numa área de serviço. Durante o último ano, na oraçãozinha que você fazia antes de dormir, acrescentáramos um trecho no qual se pedia ao papai do céu uma casa bem gostosa, grande, com espaço para a Laysa correr e para uma mesa de pingue-pongue. Seu desejo se realizava! Mudamo-nos no fim de fevereiro, e em seu 11º aniversário, no primeiro sábado de março, inauguramos a piscina –

com a água ainda verde, pois tinha sido enchida na véspera e não houvera tempo suficiente para o tratamento dar resultado.

Sua tia Kátia passou a morar definitivamente conosco, e Rosa não mais me procurou. A última vez em que esteve conosco (eu ainda a veria algumas vezes, profissionalmente, para tratarmos do distrato de nossa firma de celulares) foi no Natal de 1996. Ela apareceu de surpresa na casa de sua avó, onde nos encontrávamos, sob o pretexto de lhe levar um presente. Embaixo do bloco, encontrou seu primo Elsinho e perguntou se estávamos lá. Ele respondeu que sim e acrescentou, espertamente: "com a Kátia". Rosa subiu, adentrou a sala toda sorrisos, cumprimentou todos – especialmente sua madrinha, a quem disse "eu gosto muito de você" –, entregou seu presente e foi embora. Ficou evidente que ela quis ver com os próprios olhos minha nova namorada, além de protagonizar mais uma cena de novela mexicana.

Quando as coisas se acalmaram, depois da passagem daquele furacão, lembrei-me do Natal do ano anterior e percebi que, mesmo sem minha intenção, desta vez o Natal de Rosa é que fora estragado.

***

Passados alguns dias do réveillon, partimos os três para um **fly and drive** na Flórida: nove noites em Orlando, três em Miami. Sempre imaginei ser aquela a época ideal para levá-lo aos parques temáticos de lá. Com quase 11 anos, ainda curtiria os brinquedos mais infantis, os personagens de revistas em quadrinhos e filmes e, ao mesmo tempo, aproveitaria as diversões para adultos.

Quase sua tia não pôde ir. Na primeira tentativa, seu visto foi negado pela embaixada americana. Professora, mineira, separada, sem posse de imóveis... Esse perfil era tratado com restrições na embaixada, pois, nessa época, muitos mineiros, especialmente de Governador Valadares, iam para os EUA e lá permaneciam ilegalmente. Na segunda tentativa – geralmente muito mais difícil que a primeira –, levou-o junto à representação diplomática. Ao chegar sua vez, disse:

- Este aqui é meu sobrinho e afilhado, que perdeu a mãe há pouco tempo. Eis aqui o atestado de óbito. Vocês concederam o visto dele, mas não o meu, e eu é que vou levá-lo à Disneylândia, pois o pai dele não sabe se poderá ir.

A atendente sorriu e concedeu o visto. Ufa! O pacote já estava comprado, e quase fomos só nós dois.

Na Flórida, curtimos a liberdade de fazer nossa própria programação: saíamos do hotel por volta de 10h e retornávamos já à noite. Nosso hotel em Orlando ficava na **International Drive**, quase defronte a um parque aquático, e foi nele que passamos o primeiro dia, para aproveitar o bom tempo (em sua maioria, os dias foram nublados e chuvosos).

Quando estivemos em Tampa, ninho das montanhas-russas, logo na entrada do parque havia uma diferente, onde as pessoas ficavam sentadas em cadeirinhas, perninhas a balançar, e dá-lhe **loop**! Kátia saiu correndo em direção à entrada, chamando-nos, mas quando eu lhe disse para ir, você respondeu que não, pois... não gostava da sensação de queda livre. Enquanto Kátia insistia, pensei com meus botões se sua atitude não seria influência minha, porque era notório meu problema com altura. Para não ter que assumir essa culpa, resolvi ir e insisti para que você também fosse. Consegui. Nessa e nas montanhas que se seguiram, mantive os olhos fechados quase todo o tempo. Mas, ao fim, saí com a sensação de dever cumprido. Você curtiu muito!

Duro foi saber depois que aquela primeira montanha era a mais emocionante do momento. Não era famosa como a Kumba – que já foi a maior do mundo e na qual eu não quis subir – simplesmente porque havia sido inaugurada havia poucas semanas.

29. CASA NOVA, VIDA NOVA

Definitivamente, a virada de 1996 para 1997 marcou o início de um novo ciclo. Casa nova, viagem aos EUA, Kátia morando conosco, você numa nova escola... Eram tantas as novidades que talvez eu nem lhe tenha dado o suporte emocional requerido pela mudança de escola. Lembro-me de minha angústia ao chegar a Brasília e iniciar o então ginásio numa cidade diferente, ou quando saí do CAN – Colégio da Asa Norte para cursar o ensino médio no Objetivo. Quem passou por isso e é pelo menos um pouco tímido sabe – mas curiosamente, ninguém comenta – como é difícil largar o conforto da classe, dos colegas e professores conhecidos para começar tudo de novo num local aonde você chega incógnito.

Talvez as características da São Camilo – uma escola familiar, muito pessoal, onde cada aluno e sua história de vida eram conhecidos – tornassem esse momento ainda mais difícil, dado o choque da chegada ao Sigma e a toda sua imensidão, seus milhares de alunos, sua impessoalidade.

Sua saída da São Camilo ainda teve um **gran finale**, como não poderia deixar de ser. A cerimônia de formatura, a exemplo da realizada no prezinho, foi marcante, emocionante.

Apenas seu vô Élson estava comigo. Kátia estava em BH, e sua vó Ilka não pôde ir, mas fez questão de que seu avô comparecesse (desde a morte de sua mãe, eles não deixavam de prestigiar seus eventos, inclusive as festinhas da escola). Desta vez eu não estava com filmadora emprestada, mas contava em pegar a fita que Harmon gravava e fazer uma cópia.

No início da cerimônia, os alunos entraram, chamados pelos nomes; em seguida, os professores homenageados. Os alunos ficaram de pé, no palco do auditório. Depois de algumas frases da diretora ao microfone, vieram as músicas. A primeira foi *Azul da cor do mar*, de Tim Maia. A seguinte, *Amigo*, de Milton Nascimento, foi cantada com os alunos em duplas, um de frente para o outro. Era mesmo tocante. Você esteve ali por oito anos, alguns colegas por mais tempo ainda, e iriam se separar.

Ao fim dessa primeira parte, os alunos se sentaram nas primeiras fileiras da plateia, previamente reservadas, e daí foram sendo chamados, um a um, para receber o diploma. Depois, retornaram ao palco para o encerramento. Iniciou-se a última música: *Eu preciso de você*, com Maria Bethânia. Logo no princípio, quando a frase título foi dita, os alunos olharam e estenderam a mão em direção a seus pais. Prosseguiram:

...
Porque tudo que pensei
Que pudesse desfrutar da vida, sem você não sei
Meu amanhecer é lindo se você comigo está
Tudo é mais bonito no sorriso que você me dá

Com o olhar sempre na minha direção, você chorava copiosamente! Seu avô notou e questionou:

- Uai, o Dênis está chorando?

Não respondi. Estava engasgado, segurando a minha emoção, o meu pranto, que não seria nada discreto. Meu pai não compreendia a emoção daquele momento. Para ele, estavam apenas cantando uma música. Não via que ali no palco estava uma criança de 10 anos que perdera a mãe, afastara-se dos melhores amigos da quadra e estava prestes a se afastar dos colegas de escola. Uma criança que só tinha o pai para apontar e para se apegar, enquanto todos os demais colegas apontavam também para suas mães presentes.

A segunda estrofe começava, e seu braço se estendia em minha direção mais uma vez:

Eu não vivo sem você
Porque tudo que eu andei
Procurando pela vida agora eu sei
Que andei sabendo
Que em algum lugar te encontraria
Pois você já era meu e eu sabia

Alguns de seus colegas também choravam. Inclusive Adriel. Curiosamente, notei que ele, desde quando a música ia ser iniciada, olhava insistentemente para o seu lado e o seguiu no choro. Concluí que era intencional, talvez apenas para chamar a atenção.

Meus olhos marejados estavam fixos nos seus quando veio a terceira estrofe:

Como a abelha necessita de uma flor
Eu preciso de você e desse amor
Como a terra necessita o sol e a chuva
Eu preciso de você
E não vivo um só minuto sem você

Minha vontade era poder estalar os dedos, fazer todo o mundo desaparecer e apenas abraçá-lo e soltar livremente meu pranto.

Lembrei-me de quatro anos antes, por ocasião da formatura do pré, quando os alunos cantaram a música gravada pela cantora Simone. Você, no refrão, olhava e apontava apenas para sua mãe, então morando em outra cidade já por seis meses. Tive pena dela. Minha sensação ali era de dever cumprido, porque eu *estava* com você e minha consciência permanecia tranquila.

Emoção contida à custa de muito esforço, veio a última estrofe. Olhávamos para os olhos um do outro, nossa energia perfeitamente sintonizada. Naquele instante, minha alma se comunicava com sua alma.

Mas eu preciso de você
Porque em toda minha vida
Nem por uma vez amei alguém assim
Você é tudo é muito mais do que eu sonhei pra mim
E é por isso que eu preciso de você

Ao fim da música, os alunos desceram do palco e foram até seus respectivos pais. Abracei-o forte e longamente, enquanto uma lágrima insistia em deslizar pela minha face.

***

A grande maioria de seus colegas se dividiu entre o Leonardo da Vinci – no final da Asa Norte, quase ao lado da São Camilo – e o Sigma, no final da Asa Sul. Você escolheu este último, para onde Adriel também iria. Como era, naquela época, o colégio que mais aprovava no vestibular da UnB, concordei, apesar do irônico transtorno decorrente dessa escolha: quando morávamos na Octogonal, perto do fim da Asa Sul, você estudava no final da Asa

Norte; agora que moraríamos na QL 02 do Lago Norte, perto do fim da Asa Norte, você iria estudar no final da Asa Sul.

Quando as aulas foram iniciadas, seu avô se ofereceu para levá-lo e buscá-lo todos os dias. Como ele iria morar no apartamento anexo à nossa casa, sem gastos com aluguel, luz, água ou condomínio, entendemos que essa seria uma boa forma de ele sentir que retribuía o favor. Para colaborar com ele sem suprimir essa retribuição, passei a pagar o seguro de seu carro.

Sua estada no Sigma durou dois anos, sendo que, por alguns meses, você cursou inglês ali mesmo, em razão de um convênio entre o colégio e a Cultura Inglesa. Foram poucos meses, durante os quais eu saía do TCU para buscá-lo às 19h30 e passava pelas dificuldades de trânsito encontradas já naquela época para se atravessar a Asa Sul obliquamente.

Quando vi seus primeiros resultados no inglês – ruins – e tomei conhecimento do método de ensino e da dinâmica das aulas, achei melhor você, já um tanto desmotivado, abandoná-las. Optamos, então, por contratar aulas em domicílio, assim eu e Kátia também poderíamos aproveitar. Tal opção, depois de testarmos uns quatro professores, também não se mostrou producente. Nossa solução final durou um bom tempo e consistiu em eu dar aulas para vocês. Tenho certo orgulho em pensar que parte do seu conhecimento de inglês e todo o da sua tia foram assimilados nessas aulinhas.

Já sua estada no Sigma ter sido curta se deveu a dois fatores – além da distância de casa. Primeiro, o altíssimo nível de exigência dos alunos conjugado com o padrão um tanto deficiente dos professores. Os deveres de casa eram imensos, principalmente às vésperas de feriados, o que tomava todo o tempo livre dos alunos e inviabilizava que determinados trabalhos de pesquisa fossem efetivamente elaborados pelos estudantes, pois sem ajuda eles não dariam conta de atender as demandas. Segundo, o elevadíssimo nível das provas. Lembro-me de mostrar a segunda prova de Português da 5ª série para sua tia Margarida, especialista no assunto por mais de 20 anos, e a ouvir dizer que metade daquelas questões poderia estar num exame de vestibular.

Por outro lado, muitos professores eram fracos. Eu nunca entrara com recurso contra nenhuma nota em minha vida, mas nesse período enviei várias cartinhas ao Sigma para pedir reavaliação de correção. Em certa redação, na qual você recebeu nota seis, a professora fez cinco correções a caneta vermelha. Errou quatro! Duas eram vírgulas que ela incluiu indevidamente para isolar uma oração subordinada restritiva (estaria certo se fosse explicativa). Para supostamente melhorar o estilo, também cortou o "eu" do início do período, o que provocou outro erro gramatical: o "eu" era seguido de um pronome por ele atraído ("Eu me considero..."). Ao cortá-lo, deixou uma próclise incorreta.

Minha cartinha para essa professora nem sequer foi respondida. E sua nota permaneceu inalterada.

Em outra disciplina – Matemática –, você teve um professor que simplesmente não sabia ensinar parte da matéria. Certa noite, você estava com dificuldades para fazer o dever de casa. Os problemas eram do tipo "se fulano tem 5 anos a mais do que o irmão caçula e 3 a menos do que o mais velho, e a soma da idade dos três é 43, qual é a idade de cada um?". Fácil, não? Ocorre que vocês tinham que resolvê-los sem usar equação, visto se tratar de matéria ainda não ministrada.

Harmon tentou se adiantar e ensinar equação a Adriel, no que não teve muito sucesso. Eu, depois de pensar bastante, deduzi e lhe ensinei a "teoria dos montinhos de traços", sempre representados por desenhos. A ideia era fazer com que os montinhos ficassem iguais, para então dividir. No exemplo citado, o caçula tem um montinho de anos; fulano, um montinho mais 5 traços que representam os anos adicionais; e o mais velho, um montinho mais 8 traços. Ao se ver o desenho, fica fácil perceber que há 13 traços fora dos montinhos. Subtraídos esses 13 anos de 43, sobram 30, e isso corresponde a três montinhos iguais. Cada montinho equivale, portanto, a 10 anos. Assim, o caçula tem 10 anos, fulano tem 15 (10 mais 5 traços), e o mais velho tem 18 (10 mais 8 traços). Muito simples, depois que se aprende.

Resultado: a média da turma na prova daquele bimestre foi 3; sua nota, 9. Até o escolheram para representar a turma na equipe de

Matemática da Feira de Ciências. E eu tive a maior satisfação em ver sua prova com vários montinhos desenhados!

Essa foi a segunda vez em que tive de criar um método para lhe ensinar algo. A primeira foi quando você tinha de identificar a sílaba tônica das palavras. Não tinha ideia de como fazer isso, até que me veio uma inspiração: finja que você está gritando a palavra, e a sílaba na qual você estenderá mais tempo é a tônica. Testei com inúmeras palavras – todas dos exemplos do seu livro – e vi que o método funcionava.

Bem, depois de dois anos de Sigma eu já havia concluído que o sucesso da escola se devia tão somente à elevada carga de deveres e ao alto nível de exigência nas provas, o que obrigava os alunos a um esforço excepcional. Sendo assim, resolvemos transferi-lo para o Leonardo da Vinci, cuja qualidade de ensino, pude comprovar mais tarde, era similar à do Sigma, mas sem os exageros deste.

Seu avô achou ótimo, pois agora iria levá-lo e buscá-lo bem pertinho de casa. Só que esse transporte não durou muito. Quando você entrou no ensino médio, os sinais da demência senil de meu pai começaram a surgir. Ele já não transmitia a mesma segurança ao volante. Contratamos os serviços de uma van. No seu 3º ano, você passou a ir de carona com Alexandre e seu pai, nossos vizinhos. Prestes a fazer 18 anos, você foi aprovado na UnB, e seu avô Élson vendeu o carro. Dois anos depois, ele faleceu.

***

Curtimos muito nossa nova casa em seu primeiro ano. Em quase todos os fins de semana, recebíamos amigos e parentes, principalmente para jogar peteca, já que mantínhamos a quadra montada no gramado dos fundos. As crianças preferiam a piscina. Deixamos, em consequência, de frequentar o Clube Naval.

Estávamos muito felizes. O amor e a harmonia tomaram conta de nosso lar. As crises e os "climas" da época de Rosa não existiam mais, pois eu e sua tia não tínhamos mais do que uma discussão séria por ano. Kátia vivia, literalmente, saltitante dentro de casa. Demonstrava extrema felicidade com a nova vida ao nosso lado. Quanto a mim, sentia que voltáramos a ter um lar de verdade.

Depois de alguns meses na nova casa, Kátia estava segura de sua decisão de se mudar para Brasília. Inicialmente, pretendia morar com a prima Zenaide, mas não conseguiu sair de nossa casa. Chegou, certo dia, a preparar suas coisas, mas, ao vê-la chorando, sua avó Ilka acabou por convencê-la a ficar. Resolvemos, então, que precisávamos oficializar nossa relação. Marcamos nosso casamento informal, o qual denominamos "cerimônia íntima", para o dia 13 de dezembro. Não era um casamento de fato, e apenas amigos e familiares muito próximos seriam convidados.

Um ou dois meses antes, comprei um pacote de lua-de-mel para Cancun. Por ter ouvido comentarmos a respeito, você me perguntou:

- Pra onde mesmo a gente vai, em dezembro?

De coração partido, respondi:

- Ô filhote, desta vez você não vai. Essa viagem será nossa lua-de-mel. Mas logo depois do Natal iremos juntos à praia, em Santa Catarina, tá bom?

Você não demonstrou reação, mas por muito tempo aquela pontinha de tristeza por tê-lo decepcionado me acompanhou.

A cerimônia íntima foi linda, muito especial. Não havia móveis na parte baixa da sala, onde ficamos durante a celebração, então sua tia cobriu todo o chão com tiras coloridas de papel. Na abertura da celebração propriamente dita, Kátia falou, com lágrimas nos olhos, que só então havia descoberto o que é o amor. Em seguida, falei da Sabedoria da Existência – as coincidências que nos envolveram até mesmo na escolha da casa – e da nossa afinidade desde muitos anos atrás.

Seu tio Fred, a nosso pedido, disse algumas palavras sobre o amor e a vida a dois. Destacou a afirmação do Cristo de que "onde dois ou mais estiverem reunidos em meu nome, eu estarei presente", numa clara alusão ao fato de que não era necessário que aquela cerimônia fosse realizada numa igreja para ser abençoada. Ao fim, conclamou todos a rezarem o Pai Nosso.

Na sequência, você saiu de entre os convidados – umas 30 pessoas – e veio nos trazer as alianças. As tias de Kátia – Ana, Lúcia e Tércia – e Clara choravam copiosamente. Ao som de *Hurry home,* com Jon Anderson, os cumprimentos encerraram a cerimônia. Estava selado, para todos os efeitos, o nosso casamento. Apenas nossos vizinhos – não convidamos nenhum – não entenderiam, pois, para eles, já éramos casados ao chegar à nova casa.

Passamos a noite acordados – eu, Kátia, você, Glauber, Rubinho e Clara – para cumprir o ritual cultivado por seus tios de "dar virote" nesses eventos. Quando vi o sol prestes a nascer, saí discretamente da varanda e fui dormir. No início da tarde pegaríamos o voo para São Paulo e, de lá, outro para Cancun.

***

Mal retornamos de nossa lua-de-mel, às vésperas do Natal, e já nos preparávamos para a viagem à praia de Bombas, em Santa Catarina. Dessa vez, você iria.

Minha expectativa para essa viagem era grande, pois alugáramos um apartamento de dois quartos em conjunto com Glauber, meu amigo mais próximo na época do seu nascimento. Essa amizade adveio de uma série de coincidências: ambos trabalhávamos no Blaston; as respectivas esposas, na matriz do BFC; morávamos no fim da Asa Norte – ele na 316, nós na 216 -; e ambos tínhamos um Chevette 85 e uma moto MZ 86. Além disso, sua mãe e Mone estavam grávidas juntas. Você nasceu num sábado, e Leonardo, no sábado seguinte. Para coroar as coincidências, Mone foi instalada no mesmo apartamento da maternidade em que sua mãe estava por ocasião do seu nascimento.

Em fins de 1997, Glauber, transferido para Campinas dez anos antes, já estava separado de Mone e namorava uma nisei chamada Marilda. Leonardo morava com ele; a outra filha, com a mãe. Em Bombas, eu e Kátia ficaríamos num quarto, Glauber e Marilda em outro e você e Leo na bicama da sala. Ocorreu que, poucos dias antes da viagem, a irmã de Marilda e o marido resolveram se juntar a nós. Novas negociações com o hotel. Aluguei mais um apartamento, este de um quarto.

Já na estrada, eu e Kátia concluímos que Marilda e a irmã se sentiriam melhor se ficassem juntas, então nos ofereceríamos para ficar no apartamento menor, com você e Leo em nossa sala.

Combináramos com Glauber de nos encontrar em Campinas por volta de 11h, na estrada. Ao chegarmos ao ponto de encontro e depararmos apenas com Glauber, soubemos que o casal que se juntaria a nós estava atrasado. Só quando entramos na cidade soubemos que eles haviam decidido, com a anuência de Marilda, sair apenas depois do almoço – sem nos consultar. Seguimos viagem na frente, pois queríamos chegar a Curitiba, onde jantaríamos e pernoitaríamos, antes do escurecer. Assim fizemos, e o grupo nos encontrou mais tarde num restaurante daquela capital.

No dia seguinte, novamente eles desconsideraram o horário marcado para seguir viagem. Saímos na frente e, ao chegar a Bombas, fomos ao mercado fazer as compras para a quinzena, conforme combinado entre Kátia e Marilda quando, em conexão a caminho de Cancun, a encontráramos em São Paulo.

Por isso ficamos estupefatos ao vê-los chegarem, muitas horas depois de nós, com os carros abarrotados de mantimentos. Kátia, ao vê-los subir com as coisas para o apartamento, ainda comentou:

- Gente, mas nós já fizemos as compras!

- Apartamentos separados, compras separadas – foi a resposta da irmã de Marilda.

Como assim, "apartamentos separados", se eu havia locado o de dois quartos previamente para nós e Glauber? Surpresos, os vimos se alojarem sem nada nos perguntar. Frise-se que, até então, não havíamos sugerido cedê-lo para que as irmãs ficassem juntas.

Atônitos, adentramos o outro apartamento – no mesmo andar, quase no extremo oposto do corredor, onde nossas coisas estavam provisoriamente empilhadas. Sentamo-nos e passamos a trocar impressões sobre o ocorrido. Concluímos que fomos, os idealizadores e proponentes da viagem, excluídos do grupo. Era dia 31 de dezembro. Resolvemos relevar, para não comprometer o réveillon.

Nos dias seguintes, predominou tempo ruim, e a cada dia nossos vizinhos programavam algo diferente. Passavam em nosso apartamento e diziam: "vamos a tal lugar, vocês vão querer ir?". Nunca nos perguntavam: "o que vocês acham de irmos a tal lugar?", como seria natural se estivéssemos viajando *juntos*. Apenas em uma ou duas oportunidades os acompanhamos, numa demonstração de boa vontade. Assim, você e Leo não tiveram oportunidade de interagir e não se aproximaram como eu desejava.

Nossa primeira semana ali não havia se encerrado quando tivemos a visita de Glauber com o concunhado. Queriam nos avisar que se mudariam para uma pousada em outra praia do município e nos perguntar se iríamos acompanhá-los. Mais uma vez, decidiram previamente o que iriam fazer e nos comunicaram depois. Pedimos um tempo para pensar. Quando saíram, suspendemos nosso jogo a três de buraco – o tempo lá fora estava horrível! – e iniciamos a discussão sobre o que fazer. A praia escolhida – Quatro Ilhas – era de fato mais interessante, mas aquela situação toda nos incomodava. Você, sem emitir opinião no início, foi quem bateu o martelo:

- Vamos ficar aqui mesmo, gente! Não está bom, aqui? Então, vamos ficar por aqui mesmo!

- Por mim, tudo bem. Pelo menos a gente se livra dessas situações constrangedoras – disse eu.

- Então, está resolvido. Ficamos. Eu já não aguento mais ficar ouvindo "'Flô' pra cá, 'Flô' pra lá" – Kátia arrematou.

Marilda e a irmã só se tratavam por "Flô" (ou "Flor"?), e era mesmo irritante ouvir isso dezenas de vezes a cada hora.

Ficamos sozinhos em Bombas, com a cozinha abarrotada de mantimentos. Porém, dois dias depois da partida das "irmãs Flô", encontramos um casal conhecido do TCU acompanhado de seus dois filhos e acabamos por ter companhia para sair à noite, jogar baralho e fazer churrasco.

A noite em que saímos pela primeira vez com eles e fomos a um barzinho foi muito engraçada. Como tinham uma filha um ano mais nova que você e bem bonitinha, você se arrumou todo, penteou o cabelo de lado (ficou horrível, parecia grudado com algum produto) e se comportou como um rapaz sério: não conversava, ficava apenas sentado, com o olhar para o lado e ar circunspeto, sem nenhum comentário ou atitude que pudesse parecer infantil.

Glauber nunca mais me procurou. Marilda realmente tomou-lhe as rédeas. Uma pena, pois ele era um ser humano muito superior a ela.

30. AH, A ADOLESCÊNCIA!

Aprendi que a fase mais fácil para se criar filhos é quando eles têm entre 8 e 11 anos: não são tão dependentes, já podem ficar sozinhos em casa e sabem se virar. Depois dessa fase, o trabalho físico dos pais continua diminuindo, mas as preocupações... Quanto cansaço mental! A introspecção, o isolamento, o ar de revolta e insatisfação, os novos amigos e seus segredos, todas essas características da adolescência provocam imensa apreensão nos pais.

Nem posso reclamar muito, pois esses aspectos foram bastante sutis em você. Havia o irritante silêncio – e a aparente indiferença – quando eu lhe chamava a atenção por alguma coisa, mas você nunca alterou seu tom de voz ou me insultou, como já tive o desgosto de ver outros filhos fazerem. Menos mau. Mas o afastamento que sentimos dói bastante.

Há um marco de sua entrada nesse período. Nessa época, quando você se deitava, eu fazia uma pequena oração junto à sua cama, seguida de um cafunezinho. Estávamos no início de 1998. Certa noite, minutos depois de você nos dar boa noite e ir para o quarto, lá fui eu atrás para cumprir o ritual. Até eu mesmo gostaria de ter visto minha cara ao deparar com sua porta fechada! Fiquei um tempo parado, em pé, olhando-a incrédulo. Voltei para a sala a passos lentos e comentei com sua tia:

- Parece que Dênis não quer mais meu cafuné na hora de dormir...

Mas quem sabe você fechara a porta por distração ou por descuido? Na noite seguinte, lá fui eu de novo. E lá estava a porta fechada, mais uma vez. "Paciência", pensei, "é comum os adolescentes passarem a evitar comportamentos que os façam se sentir crianças, e deve ser esse o caso". Resignei-me, mas ficou marcado o dia em que aquele ritual noturno, tão mágico no passado, foi excluído de nossa relação.

De modo semelhante, nosso "banho de volta da praia" de Cabo Frio também foi cancelado. Durante vários anos, ao retornarmos da praia, no início da tarde, íamos direto para o banho juntos. Depois da cena da porta fechada, em meados do ano, em nosso primeiro dia em

Cabo Frio, você simplesmente disse que iria tomar banho sozinho. E acabaram-se nossos banhos juntos. Nesse caso, pensei com meus botões, deve ser a entrada na puberdade, as transformações de nosso corpo que, por algum motivo misterioso, nos deixa envergonhados.

Esses foram dois marcos de seu distanciamento típico da adolescência. Mudança imediata. Diferente foi o processo, longo, em que seu gosto passou por inúmeros ritmos e estilos de música, uma verdadeira "viagem musical", que durou toda a adolescência. Aos 11 anos, você estava fissurado no **rap** nacional. O carro-chefe da época tinha um refrão assim:

> *"Eu só quero é ser feliz*
> *Andar tranquilamente na favela onde eu nasci*
> *..."*

Ouvíamos isso o dia todo. Alguns tios seus já estavam preocupados. Perguntou-me sua tia Clara:

- Você o deixa ouvir *isso*?!?

- Calma, tudo na vida evolui! Logo essa fase passa.

Deve ter durado um pouco mais de um (longo) ano. Depois veio o **reggae**, do tipo Cidade Negra. Depois, o **rock**, mas muito pesado para o meu gosto: Metallica, Marylin Manson.

Quando viajávamos de carro, você levava seu **discman** e fones de ouvido, com suas músicas, e evitava, assim, ouvir as que eu colocava no carro: entre os nacionais, vários nordestinos (Alceu Valença, Zé Ramalho, Belchior, Geraldo Azevedo, Raul Seixas, Fagner), alguns artistas então mais recentes (Adriana Calcanhoto, Marisa Monte, Zeca Baleiro, Legião Urbana, Paralamas) e clássicos da MPB (Chico, Milton, Lobão, Caetano, Gil); entre os estrangeiros, um pouco de **rock** clássico ou progressivo (Pink Floyd, Dire Straits, Led Zeppelin, Supertramp, The Doors) e **pop** internacional (Beatles, Elton John, Cat Stevens). Curiosamente, aos 19 anos você ouvia quase todo esse repertório aí que citei. Fica até engraçado, lembrar da fase do **rap**!

Nesse campo, alguns detalhes merecem registro. Raul Seixas é o primeiro deles. Quando viajávamos sozinhos de carro – entre seus 7 e 10 anos –, você adorava quando eu o colocava para tocar. Com o som bem alto, cantávamos juntos – você sentado atrás, no meio do banco, mas com a cabeça praticamente entre os assentos da frente, pois não havia o hábito de se usar cinto de segurança –, principalmente as músicas *Eu nasci há dez mil anos atrás* e *Sociedade alternativa*.

Viajávamos um bocado juntos! E você, sempre um bom companheiro. Certa vez, fomos passar o carnaval em Ribeirão Preto. Era 1992, e eu tinha lá uma amiga – quase namorada –, Luciene, que insistira para passarmos o feriado em sua casa, onde estariam apenas ela e a irmã em virtude de uma viagem dos pais.

Meio da tarde de um sábado ensolarado, Rodovia Anhanguera vazia, você cochilando no banco de trás da Ipanema, resolvi fazer uma experiência: deixar o ponteiro do velocímetro chegar ao seu limite, na indicação de 220 quilômetros por hora. Isso deveria corresponder a 180 ou 190 de fato, pois eu já aferira que, quando marcava 140, a velocidade real daquele carro era 120.

Numa longa descida, sem nenhum outro veículo à vista, o ponteiro chegou ao seu final, ao mesmo tempo em que você se levantava e perguntava:

- Por que estamos indo mais rápido?

- Foi só uma experiência que fiz, filhote – respondi, enquanto retornava à velocidade normal.

Em termos de marcação de ponteiro, esse foi, sem dúvida, meu recorde, dificilmente superável, já que a maioria de nossas estradas está ruim, não confiável, enquanto as boas estão cheias de controladores eletrônicos de velocidade.

***

O trajeto Brasília – Ribeirão Preto se tornou emblemático, para mim, na questão ambiental. No ano anterior à viagem que narrei, 1991, eu e amigos do banco fomos a um churrasco promovido pelos nossos colegas daquela cidade. Saímos na sexta à tarde e os encontramos no Pinguim às 21h para iniciarmos os procedimentos com o tradicional chope. Passamos todo o dia de sábado degustando carnes numa chácara e retornamos no domingo. Foram três carros de

Brasília, e no meu viajaram Cynara, Dulcina e Pedro Paulo, além de mim.

Na volta, enquanto dirigia, peguei uma balinha no console e desembrulhei. Coloquei-a na boca e amassava o papel quando ouvi Dulcina dizer, atrás de mim, enquanto estendia a mão:

- Me dá esse papel aqui.

Por supor que ela queria evitar que eu me distraísse ao abrir a janela – à manivela, como era comum na época –, passei-lhe o papel e disse:

- Não se preocupe, estou acostumado a fazer isso.

Qual não foi minha surpresa ao observar que, em vez de abrir sua janela, Dulcina o guardara em sua bolsa.

- Por que você guardou?

- Para não jogar na estrada.

- Ah, Dulcina, tem dó, que diferença um papelzinho desses aí vai fazer no meio desse mato?!

Ela não respondeu.

Cinco ou dez anos mais tarde, surpreendi-me revoltado ao observar alguém num carro à frente do meu, dentro de Brasília, jogar uma lata de refrigerante pela janela. Era uma questão de civilidade e consciência ambiental que, alguns anos antes, eu não possuía. Eu mudara! De repente, me dei conta de que havia criado a tal consciência ecológica.

No final dos anos 90, o novo Código Nacional de Trânsito estabeleceu pena de multa para quem jogasse lixo pela janela do veículo. Mas nunca soube de um só caso de aplicação desse dispositivo e continuo a me sentir chocado ao ver as pessoas agirem assim.

Reconforto-me ao pensar que você teve mais influência dessa minha nova postura, além de boas orientações na escola. Nunca o vi "jogar o lixo por aí". Perto dos 18 anos, você até começou a separar os metais e vidros do lixo de casa e levá-los periodicamente ao Pão de Açúcar, onde havia coleta seletiva. Desistiu depois de algum tempo, não sei o porquê. A persistência certamente iria influenciar seu irmãozinho, dando início àquela "reação em cadeia" que, na verdade, é o que provoca as mudanças culturais.

31. MODISMOS E CATATONISMO SOCIAL

Vivemos uma época de modismos supostamente éticos e morais, e certamente comportamentais. O ambientalismo é um deles. Há também o antitabagismo e o antipreconceito racial e sexual. O Governo começa a mencionar agora uma campanha contra o álcool, e isso sinaliza que, daqui a uns dez anos, se a campanha "pegar" (para "pegar", basta manter os investimentos públicos na campanha e obter o apoio da grande imprensa – leia-se Globo), teremos também o modismo antialcoolista.

No primeiro exemplo, houve uma mudança de percepção por parte da população. Deixaram de relacionar a preocupação ambiental apenas com a preservação de bichinhos e plantinhas em extinção e se deram conta de que o aquecimento global, para citar um exemplo, pode provocar uma catástrofe no planeta. O movimento não chegou a se radicalizar e, na verdade, talvez tenhamos avançado menos do que o desejado em busca dessa consciência ambiental.

Quanto ao antitabagismo, observa-se o cometimento do erro clássico de se partir de um extremo para o outro de uma questão. Até os anos 70/80, vivíamos a "ditadura do fumante". Fumava-se em qualquer lugar, e muito! No interior dos veículos, salas de aula, aviões, ônibus, restaurantes, apartamentos e escritórios, por mais apertados e mal ventilados que fossem. Em apenas dois lugares, ao que me recordo, era proibido fumar, além obviamente de hospitais: dentro de elevadores e em cinemas – nestes, não por outro motivo, mas sim pelo risco de incêndio, já que eram invariavelmente acarpetados e dotados de poltronas com estofamento inflamável.

Na virada do século, passou a predominar a "ditadura do não fumante". Em Brasília, apenas em locais ao ar livre pode-se fumar, e mesmo assim quem o faz, a depender de onde esteja, é olhado como louco portador de doença infectocontagiosa ("Credo! Olha ali um fumante!" – dizem os olhos das pessoas). Muitos, hoje, para acender um cigarro, afastam-se das pessoas, vão para a rua sozinhos. A grande mídia ainda vende a ideia de que fumantes passivos têm mais riscos que os ativos. Há quem dissemine a ideia de que basta se sentar num bar, numa sexta-feira à noite, próximo a um fumante, para desenvolver um câncer no pulmão.

É duro pensar que já tem mais de 2.000 anos que Aristóteles e Buda ensinaram que a virtude nunca está nos extremos, ou que o "caminho do meio" é a melhor opção, e quase ninguém aprendeu isso. Acredito que três maços de cigarro por dia matam uma pessoa, assim como três litros de uísque. Mas não creio que um cigarro por dia, ou uma dose de uísque, façam mais mal do que o tanto de porcaria industrializada que comemos hoje. Onde está a linha divisória? Não sei. E a falta de isenção, o *preconceito*, não permite que os pesquisadores a indiquem.

Tratemos agora de outra modalidade de preconceito. O preconceito mais interessante que existe é o presente nas pessoas que protestam contra... o preconceito. Concluí que a luta dessas pessoas é para convencer a si mesmas (só que elas não sabem!). Ao que parece, a palavra correspondente ao objeto do preconceito começa a tomar a forma do próprio objeto, e este causa algum tipo de aversão, de ojeriza, na pessoa supostamente antipreconceituosa. Aí ela começa a propagar que preconceituoso é quem usa aquela palavra e, então, adota outra designação.

Tome o exemplo dos aleijados. Chocou-se, com a palavra "aleijados"? Pois é, era ela a usada quando eu era criança. Não é mais. A imagem do "aleijado" deve ter provocado tanta repulsa na cabeça dos pseudoantipreconceituosos que mudaram a designação para "deficiente físico". Depois, em coisa de uma década, a "imagem repugnante" acaba novamente associada ao termo, o qual precisa ser mais uma vez trocado. Hoje, a moda, o político-socialmente correto é dizer "portador de necessidades especiais".

Note que a expressão criada é tão vaga que será mais difícil criar uma associação mental com "aquelas pessoas". Afinal, você não sabe se o portador é cego, paraplégico, se tem Down, se não possui um braço... Daí não há automaticamente a vinculação do termo a uma "imagem asquerosa" na cabeça daquele que, de tão preconceituoso, teve que se dedicar à luta contra o preconceito.

Talvez a questão racial seja a que melhor represente esse comportamento. Quando eu era criança, preto era chamado de preto.

Às vezes, crioulo. Aí, alguém em cuja cabeça "preto" deveria identificar um ser inferior, resolveu que eles seriam chamados "de cor". Olha que legal! Agora, eles ficarão felizes, pois serão pessoas "de cor". O absurdo não é só no campo da dinâmica psicossocial, mas também no da física, visto que preto é exatamente a ausência de todas as cores.

Mas, ora, se o europeu é branco, se o asiático é amarelo, se os índios americanos são vermelhos, qual é o problema de os africanos serem pretos? Só mesmo o preconceito inconsciente dos pseudoantipreconceituosos! A relação da palavra com o "ser inferior" é tão grande que muitas pessoas se referem aos pretos como "aquele moreno". Aí, você conhece o "moreno" e descobre que é o maior negão! Quem age assim não demonstra que considera "preto" algo inferior? Por que falar que fulano é preto seria humilhante? Preconceito! E por parte de quem advoga o antipreconceito.

Nos anos 90, a moda era chamá-los de negros (meu Deus, qual a diferença entre "preto" e "negro"?). Agora, o correto é afrodescendente. Perceba que, a exemplo de "portador de necessidades especiais", arranjaram uma expressão sem correlação direta com a "imagem repugnante". Isso deve satisfazer os pseudos por um bom tempo, pois o termo não remete a uma imagem que *eles* consideram negativa.

Mais um exemplo, para finalizar: aqueles que, até os anos 70, tinham mais de 60 anos eram velhos (hoje, poderíamos passar essa referência para 70 anos). Esse termo passou a ser ofensivo, daí passaram a ser chamados de idosos. Depois, integrantes da "terceira idade". Agora – pasme! – essa faixa etária é chamada de "melhor idade". Percebeu, como também neste exemplo o termo foi "evoluindo" até chegar a uma expressão que não remete nossa mente à "imagem repugnante do velho caquético"?

O pior de tudo é que especialmente os deficientes e negros acreditam que aqueles que criaram e disseminaram essas expressões politicamente corretas são os seus verdadeiros aliados...

32. VOLTEMOS À ADOLESCÊNCIA

"A verdadeira viagem da descoberta não é encontrar novas paisagens, mas vê-las com novos olhos".

Marcel Proust escreveu algo parecido com a frase acima, e penso que ela representa bem não só as descobertas, mas a própria evolução do ser: o que aprendemos, afinal, é ver as mesmas velhas coisas com outros olhos. E a adolescência representa bem essa mudança. As transformações físicas (com suas alterações hormonais) e as psicológicas (com sua crise de identidade – adulto ou criança?) fazem com que, a cada período, descubramos um novo mundo, uma nova verdade, novos valores. São os "novos olhos" com os quais passamos a enxergar.

Na vida adulta, em nossa interminável peleja contra o sofrimento, por exemplo, podemos aprender – ou não! – a olhá-lo com outros olhos e estabelecer, digamos, uma melhor convivência. Podemos ficar chorando e lamentando nossa má sorte, dizendo coisas como "o que fiz para merecer isso?", "por que isso foi acontecer?", ou então fazer o que certo ensinamento budista diz: ao deparar com o sofrimento, olhe de frente para ele, procure descobrir o que ele pode lhe ensinar, extraia dele todas as lições possíveis e depois, tire-o de seus ombros, coloque-o no chão e siga seu caminho.

Não me lembro onde li que a causa do sofrimento não são as vicissitudes em si, mas como nós reagimos a elas. O que é uma desgraça insuperável para um pode ser apenas um percalço, uma oportunidade de aprendizado para outro.

Observe que quem tem baixa autoestima *precisa* sofrer. Agarra-se a todas as oportunidades de sofrimento e não as larga. Dessa forma, obtém a tão desejada atenção – ou compaixão – dos outros, além de poder atribuir a *fatores externos* seu suposto insucesso. Paradoxalmente, ao querer ajudar alguém com baixa autoestima, não convém minimizar o problema, pois se a pessoa em questão for convencida, sairá à busca de outro que pareça maior.

Ainda sobre o sofrimento, fiquei encantado ao ter contato com os conceitos hinduístas de carma e darma. Infelizmente, prospera em nossa cultura uma interpretação simplista da "lei do carma" espírita-kardecista: você vai pagar, nesta ou em outra vida, na mesma moeda, todo o mal que fizer. Não é bem assim.

Para os hinduístas, o darma é a reta ação, o caminho da virtude, da conformidade à lei natural, e o carma, uma força que atua para trazê-lo de volta a esse caminho, se você dele se afastar. E isso *pode* (apenas *pode*!) se dar por meio da submissão às mesmas mazelas que você tenha infligido a outros no passado. Mas é possível retornar ao "caminho" por outros meios. Por exemplo, se você é um brutamontes que se compraz em dar surra nos outros, precisaria se tornar frágil para aprender que não se deve agredir as pessoas (seria seu carma). Porém, se por outro motivo qualquer, você entender que a agressão física é uma coisa abominável, um ato animalesco, sem justificativa, não precisará mais sofrer aquelas consequências, pois já terá retornado ao darma.

Contaram-me que, em uma palestra, Divaldo Franco – então o maior orador espírita vivo do Brasil – discorria sobre os débitos espirituais, sobre as consequências nefastas a que estava sujeita uma mulher que cometesse aborto. Daí, uma moça da plateia levantou-se e disse, com certa ironia:

- Então, no meu caso, nem tem mais solução, não é? Pois eu já fiz cinco abortos! Então, ou nas próximas dez encarnações vou nascer estéril e louca para ter filhos, ou vão tomar meus filhos de mim.

- Não é bem assim. Adote cinco crianças e as crie com amor e você verá como muda seu destino. – Foi a resposta de Divaldo.

Repare que o enfoque da moça foi exatamente o da interpretação simplista de carma a que me referi: o castigo é inevitável. Porém, se ela viesse a criar com verdadeiro amor cinco crianças, isso significaria que *algo* a fez retornar ao darma, pois certamente teria passado a sentir aversão pela ideia de se abandonarem crianças – em qualquer momento, por qualquer meio. Então, o carma não seria mais necessário.

Mas voltemos à sua adolescência. Às vezes, eu tinha a impressão de que uma nuvem cobria seus olhos e lhes dava ares de sofrimento, talvez causado pela perda de sua mãe. Penso que você supervalorizava – e isso era natural – o papel que ela teria nesse período de sua vida. Certa vez, você me disse que ela seria sua amiga. Difícil. Mãe é mãe, pai é pai. Podem até ser companheiros, parceiros em algumas atividades, mas *amigos* são aqueles que você descobre pelo caminho, geralmente com idade próxima à sua e grande capacidade de empatia.

Temi haver certa fixação na imagem da mãe. Por volta dos 20 anos, você tatuou o nome, o rosto e as datas de sua mãe no corpo. Espero que você tenha transferido para esses símbolos o peso que carregava no coração.

Como quase todo adolescente, você passou a ficar mais sério e intolerante. Isolado em seu quarto, mantinha certo ar de insatisfação. Nossa companhia parecia não mais ser interessante. Esforcei-me para manter aberto o canal de comunicação, mas muitas vezes era-me difícil. Ao entrar em seu quarto e fazer uma pergunta banal – sobre os estudos, ou sobre seus planos para o fim de semana –, não era raro ouvir uma resposta evasiva depois de um desconfortável lapso de silêncio.

Reconfortava-me saber que você cultivava alguns valores importantes, entre eles a franqueza. Certa vez, por volta dos 15 ou 16 anos, você me chamou para "tomar uma cervejinha, só nós quatro, você e eu, eu e você". Fomos ao Nosso Mar, na 115 Norte, num dia útil qualquer. Depois de vencidas as sólidas barreiras que se nos apresentam nesses momentos, você começou a contar o que queria: sua primeira – e desagradável – experiência sexual com uma prostituta, o hábito eventual de fumar...

A cada "notícia", observava em mim mesmo qual seria a minha reação imediata, automática. Então, deixava se passarem alguns segundos para tentar me manifestar apenas como um adulto diante de um adolescente, livre das amarras passionais de um pai. Quase sempre, relatava minhas próprias experiências nessa fase, no intuito de sedimentar um clima de franqueza e confiança mútua.

Ao voltar para casa, trouxe comigo as preocupações de pai, porém permeadas pela convicção de que você tinha algo essencial: caráter. Algumas bobagens, comportamentos e gostos tolos da adolescência passam, mas as características básicas da personalidade de alguém são formadas na infância – até os 7 anos, dizem – e são sólidas. Fiquei com a sensação de que, afinal, eu havia feito um bom trabalho.

Sinto-me satisfeito, também, por nunca ter compactuado com a hipocrisia reinante entre os pais contemporâneos meus. Em nossa adolescência e juventude, fizemos as maluquices de praxe: sair por aí pegando carona, acampar em beira de rio, tomar um porre, fumar, experimentar maconha, andar de moto sem capacete (não era obrigatório, à época). Hoje, vejo os pais proibirem seus filhos de fazer tudo isso antes dos 20 anos. Ou para sempre! A mesma mãe que começou a sair e beber aos 15, quer que o filho espere até os 20. O resultado, nós sabemos bem: quando longe das vistas dos pais, o garoto vai com tanta sede ao pote – na bebida, no cigarro – que acaba passando mal, como já vimos acontecer com certo amigo seu.

Uma de nossas amigas, quando jovem, nas noitadas, já pulou da garupa de uma moto para outra, com as duas em movimento. Todos sem capacete, é claro. Já coroa, proibiu o filho de andar de moto, por ser perigoso. Exagerou nos riscos no passado e depois não permitiu que seu filho corresse o mínimo risco.

***

Outro aspecto interessante de sua personalidade é não alimentar ressentimentos. Quando você estava com 15 anos, contei-lhe, numa caminhada pela praia de Cabo Frio (dizem que as praias têm uma energia espiritual positiva, por isso escolhi aquele local), o resto da verdade sobre a morte de sua mãe. Até então, você sabia que ela caíra da varanda, do 13° andar, mas não sabia como. Contei-lhe, então, como fomos informados primeiramente de um suicídio, e como depois foram aparecendo os indícios de assassinato. Uma vez que o inquérito policial foi manipulado, seu resultado tendencioso nada esclareceu.

Supus que tomar ciência disso fosse lhe provocar certo sentimento de vingança, ou pelo menos o desejo de elucidar tudo. Mas não. Você nunca sequer mostrou vontade de conhecer o conteúdo do inquérito, do qual tenho uma cópia. Sete anos antes, me enfronhei mais do que devia no assunto, por considerar que você poderia vir a cobrar isso de mim, o que nem chegou perto de acontecer. Melhor para você. Guardar mágoa, raiva, ressentimentos, faz muito mal. Nosso amigo Leomar escreveu certa vez, numa lista motociclística: *"guardar ressentimento é como tomar um pouco de veneno todos os dias e achar que o outro é que vai morrer"*. Achei brilhante! Elogiei publicamente. Mais tarde, descobri que essa frase é de Shakespeare.

Há mais uma característica sua que muito se evidenciou na adolescência: a empatia. O momento em que observei melhor esse aspecto, ainda em sua infância, foi ao deixá-lo em Dores do Indaiá em 94, quando você tentava ser gentil especialmente com sua tia-avó Glória. Já na adolescência, além de se mostrar um ótimo ouvinte para os amigos, era impressionante como você sofria com as namoradas. Sentia-lhes as dores.

Certa vez, ao chegar em casa perto de 22h, você me encontrou na garagem e me pediu para levá-lo à casa da namorada da vez. Quando lhe disse que já era quase hora de dormir, pois você acordaria às 6h para ir à aula, você retrucou, visivelmente transtornado:

- Eu tenho que ir lá conversar com ela! Não adianta ficar aqui, não vou conseguir dormir. Preciso ir lá agora!

Entrei novamente no carro e o levei. Apenas recomendei que procurasse ser breve e deixasse o que fosse possível para o fim de semana.

Você teve namoradas de todos os tipos: doidinhas, doidonas, de ar conservador... até encontrar Ágata, ambos aos 16 anos de idade, e ficar mais de três anos com ela. Sem contar os **flashbacks**.

Nessa mesma época, você voltou a ter responsabilidade em relação à escola. Por vários anos, eu lhe pedia sua programação de provas e estabelecia os dias de estudo para cada matéria, o que se iniciava uma semana antes dos testes. Você cumpria – ou fingia cumprir – o programa. Ao menos ficava na escrivaninha, cadernos e livros abertos, e não no computador. Os resultados mostravam-se suficientes apenas para a aprovação sem grandes riscos. Ao iniciar o ensino médio, no entanto, você passou a mostrar independência e responsabilidade. Os resultados apareceram: encerramento do ano sem provas finais – médias superiores a 7 permitiam isso – e, por consequência, a regalia de entrar de férias antes dos colegas.

Sua aprovação no PAS, da UnB, foi bastante tranquila. Nas duas primeiras etapas, você obtve média de 24 pontos em 45 possíveis. Para a terceira etapa, precisaria de cerca de 29 se sua opção fosse Medicina – a mais difícil –, uns 18 se fosse Engenharia, e uns 10 se fosse Geologia, sua opção final depois de fazer alguns meses de orientação vocacional e nas últimas semanas ficar entre esta e Engenharia Civil. Com esforço para não o influenciar, pensava comigo mesmo que já teria garantidas pelo menos três opções de estágio, caso você cursasse Civil. Já Geologia...

Pelo menos você demonstrou satisfação com o curso, apesar dos diversos percalços nas disciplinas básicas – duas reprovações em Cálculo II, por exemplo. Você perdera a responsabilidade adquirida no ensino médio e chegou a assumir aquela postura frágil, vulgar e imatura de "não tô com saco para UnB". Ora, se algo está nos incomodando, *superamos* isso, em vez de ficarmos marcando passo no mesmo lugar.

Infelizmente, as derrotas – reprovações – aconteceram e você começou a se acostumar com elas. Apenas a partir do meio do curso você pareceu ter amadurecido e recuperado sua responsabilidade.

Em seu segundo ano de faculdade, você me cobrou poder ler meu primeiro livro, então ainda não publicado. Não lhe respondi, mas a ideia sempre foi esperá-lo mostrar segurança, força, frieza e maturidade suficientes para suportar as revelações nele contidas, e seu desempenho na universidade não demonstrava essas características.

Mas uma vantagem cultural você sempre teve: o gosto pela leitura. Isso faz com que melhore a compreensão do que se ouve e do que se lê – a base da análise crítica quanto às mensagens recebidas –, melhora a redação e a forma de se expressar, além, é claro, da riqueza em conhecimentos gerais que se obtém.

Quando você estava com 14 anos, dei-lhe *Demian*, de Herman Hesse, para ler. Lembro-me que, ao terminar, você passou pela cozinha, onde eu e Kátia estávamos, e comentou:

- Este foi o melhor livro que já li na vida.

Fiquei muito feliz! Até peguei o livro – o qual eu também lera e adorara aos 14 anos – e reli. Não vi nada tão especial. É provável que cada livro tenha um momento para ser lido. Talvez àquela altura eu devesse ler *O lobo da estepe*, do mesmo autor.

Seu interesse por leitura é tão grande que chegou a ler, antes dos 18 anos, *A divina comédia*, de Dante Alighieri. Havia pouco tempo que eu conseguira lê-lo, mesmo o tendo comprado anos antes. Só quem já leu sabe como ele é "pesado"! De minha parte, só li por dois motivos: porque meu falecido tio Álvaro me disse tratar-se de uma obra inspirada e porque eu queria saber o que estava dizendo ao me referir a uma "cena dantesca". Por motivo semelhante – saber o que diabos significa uma mulher "balzaquiana" – li *A mulher de 30 anos*.

Continue lendo, lendo muito. Esse hábito abre a mente das pessoas.

***

Ainda adolescente, em 2002, no meu aniversário de 42 anos, você me deu um dos maiores presentes que já ganhei: uma carta. Nela, com seu estilo honesto – você nunca foi de bajular ninguém –, você apresentou o reconhecimento que fez com que eu me sentisse realizado em minha função de pai.

Papaizinho
PARABÉNS
por mais esse ano e que venham ainda muitos e muitos e muitos outros pela frente.
TE AMO...
MUITO, VIU? (mais que você me ama)
Todo ano é essa coisa de ficar quebrando a cabeça pra te dar um presente. Você sabe que não é fácil, né? Então, tive a ideia desse "presente" que acho que significará muito mais do que uma calça, uma camisa, sei lá. Pelo menos espero que signifique! :)
Bom, continuando, TE AGRADEÇO muito por ter me aturado, ensinado, ajudado, conversado, ter me deixado de castigo, ter me feito chorar e é claro sorrir também, por ter brincado comigo, brigado também, mesmo eu estando certo (hehehe). Bom, obrigado por tudo!
Mimãe te manda um beijo e deseja muitas felicidades pra você!

Aposto que a tia Kátia também ia querer um espacinho pra te dizer que te ama muito.
BOM, UM "PEIDINHO" DO SEU FILHÃO PREDILETO QUE TE AMA DEMAIS.

Dênis

Ao lê-la, recordei-me também das vezes em que exagerei: uma bronca em nossas aulas de inglês que o fez verter lágrimas em silêncio; uma outra, ao fim do almoço, relacionada a escola, que o fez se levantar, ir para a área de serviço, sentar-se ao lado de Laysa e chorar baixinho enquanto a acariciava...

De qualquer forma, sua carta me fez crer que, mesmo com alguns erros, fiz um bom trabalho.

33. A MAIORIDADE

Seu aniversário de 18 anos marcava sua entrada na UnB. Vida nova. Na mesma semana, adquiríamos seu carro – um Tigra 98, achado em São Paulo, com 50.000 quilômetros rodados pela única dona – e sua moto – uma Kasinsky 250 Mirage 2001, com 3.000 quilômetros, achada em Belo Horizonte. Meu discurso nos meses anteriores havia sido: se você passar na UnB, poderá ter um carro e uma moto; em caso contrário, terá apenas um carrinho velho, pois uma faculdade particular custará caro.

Veículos na garagem, você tentava acelerar a obtenção de sua habilitação, o que acabou por levar alguns meses – sua intenção era tirar a carteira conjunta, categoria AB, mas foi reprovado por duas vezes no ridículo exame para moto implantado à época pelo Detran. Tão ridículo que me fez ir ao local para me certificar e, depois, redigir um artigo enviado ao Correio Braziliense, o qual nunca foi publicado. Paciência, restou-nos disseminá-lo pela internet.

O DETRAN-DF É UM CIRCO?

Não é raro as entidades que prestam serviços públicos procurarem os meios de comunicação para divulgar medidas adotadas com o intuito de aprimorar suas atividades, seu atendimento, ou o cumprimento de sua função. A tradição de se ver o serviço público como uma instituição invariavelmente ineficiente e ineficaz faz com que essas notícias se convertam em agradáveis surpresas. O que não é exatamente um hábito da população é avaliar com senso crítico a suposta boa nova que lhe é apresentada.

Quem visita o Detran-DF há muitos anos não pode negar que ali houve evolução. Antigamente, para resolver um simples problema de documentação, as pessoas eram obrigadas a permanecer longo tempo em pé, nas intermináveis filas, até conseguirem o almejado atendimento. Hoje, quem necessita ir ao órgão pode aguardar sua vez de forma muito mais confortável, sentado, esperando o número de sua senha ser chamado. A deficiência que ainda perdura, desafiando o passar dos anos, é esse atendimento ainda levar mais de hora e meia, como ainda acontece nos dias de maior movimento.

Há poucos dias, nova iniciativa daquele órgão foi divulgada pela imprensa: a alteração do percurso para os pretendentes à habilitação de motociclista. Os cones que devem ser vencidos em ziguezague, em baixa velocidade, agora estão ainda mais próximos, exigindo maior perícia para serem superados; diversas novas curvas, de raio baixíssimo, testam a habilidade do candidato em se manter sobre a moto, quase parada; e a grande novidade – uma caixa de brita a ser transposta – desafia o pretendente a não ir ao chão. Entrevistado por um telejornal local, o servidor responsável do Detran, com expressão que deixava transparecer a extrema seriedade que atribuía à medida, justificou as alterações com uma explicação singela: o aumento do número de acidentes fatais envolvendo motociclistas fez com que a instituição aumentasse o nível de exigência da prova prática.

Ora, que disparate! Que ofensa à inteligência do cidadão! Devemos entender, então, que motociclistas estão se acidentando quando andam a 5 ou 10 quilômetros por hora, contornando obstáculos ou passando por caixas de brita? É para isso que eles precisam estar mais treinados? Será que há algum registro de acidente grave ocorrido quando um motociclista manobrava sua moto numa garagem, por exemplo, que é um dos poucos locais onde poderia praticar as manobras de equilíbrio vislumbradas pelo Detran?

Francamente! Qualquer pessoa que transite pela cidade é capaz de concluir que o noticiado aumento de acidentes decorre da proliferação dos chamados motoboys, profissionais que ganham a vida entregando produtos e documentos, especialmente em cidades em que o tráfego lento impede que os automóveis vençam as distâncias num intervalo de tempo satisfatório. Suas manobras em meio ao trânsito – entre as quais se destaca a ultrapassagem pelo estreito espaço entre os carros que ocupam as faixas de rolamento, em <u>*elevadas*</u> *velocidades – constituem verdadeiro desrespeito para com a própria vida.*

É interessante observar que, quando se trata de emitir habilitações para dirigir automóveis, o Detran parece pensar de maneira bastante diversa. Além da manobra denominada garagem – que significa estacionar o carro em vaga a noventa graus e já foi precedida pela baliza, esta junto ao meio-fio –, a grande parte do teste promovido pelo órgão realiza-se nas ruas, em meio ao tráfego normal. Ali, pode-se avaliar se o condutor sabe se comportar no trânsito, sinalizando mudanças de faixas e conversões, respeitando limites de velocidade, mantendo-se atento à movimentação dos demais motoristas, etc. Por que, para o futuro motociclista, o Detran age como se isso não tivesse importância alguma?

Apenas para que o absurdo que ocorre na prova de habilitação de motociclistas de Brasília seja ilustrado com um exemplo, registre-se que, em Belo Horizonte, há pelo menos 15 anos, a prova de moto dá-se nas vias públicas, com subidas, descidas, conversões e tudo o mais que o candidato realmente praticará quando receber sua licença. Por que não implantam esse modelo no DF? Afinal, o modelo que vem sendo "aprimorado" não exige que o candidato demonstre nenhuma condição ou comportamento adequado no trânsito, mas apenas certa destreza, cabível apenas em alguns tipos de exibições públicas.

Certamente, se os motociclistas mais prudentes e experientes de Brasília fossem reunidos e levados a fazer o novo teste, a imensa maioria seria reprovada, pois que ali não se avalia a habilidade do candidato em conduzir seu veículo em segurança, mas sim sua habilidade em se manter sobre duas rodas, quase parado ou sobre terreno instável, numa demonstração de equilíbrio mais

apropriada a candidatos a artistas de circo, dos quais é
difícil entender o que nosso Detran espera.

Dois anos depois, você vendeu o Tigra, com apenas 60.000 quilômetros. Uma raridade, mas um tanto "mauricinho" para você, disse-me alguém. Comprou outra moto. Uma XR 200, bastante baleada. Foi seu primeiro negócio feito sem minha assistência, e a moto acabou por se mostrar um fiasco. Deu inúmeros defeitos, inclusive fundir o motor.

Também a Mirage, com menos de um ano, foi trocada por uma Kawasaki Vulcan 500, essa sim outra raridade: apenas 4.000 milhas rodadas por um único dono, extremamente zeloso.

34. MUITAS VIAGENS, NESTA VIAGEM

Temos o mesmo gosto por viajar. E fizemos viagens marcantes! Na sua infância, sozinhos no carro, costumávamos cantar Raul Seixas; na adolescência, com Kátia junto, você hibernava quase toda a viagem, deitado no banco traseiro. Não se levantava sequer para ir ao banheiro depois de trechos de 400 quilômetros de estrada.

Foi ainda na adolescência a sua – segundo você mesmo disse – primeira viagem marcante. Seu namoro com Ágata iniciara-se alguns meses antes, e a convidamos para ir conosco à Praia do Francês, em Alagoas, logo depois da entrada do ano de 2003. Antes, sugerimos que Zizi, mãe dela, viesse à nossa casa nos conhecer e para que fizéssemos o convite formal. Na oportunidade, falamos a Zizi que já havíamos alertado vocês quanto ao estrito cumprimento de qualquer condição estabelecida por ela – por exemplo, não ficarem sozinhos em casa. Para nossa surpresa – e alívio – o comentário de Zizi foi:

- Eu tenho um ótimo relacionamento com minha filha, converso muito com ela. Se tudo o que fiz ou falei até hoje não foi suficiente para prepará-la para a postura que deve ter, para as decisões que deve tomar, acho que não vai ser com a imposição de restrições que conseguirei melhor resultado.

Ficamos admirados com essa atitude. A lucidez quanto à pseudoeficácia das eventuais restrições impostas e a confiança demonstrada na filha e na formação a ela proporcionada eram algo raro de se observar numa mãe, mesmo nas pretensas "moderninhas".

Assim, no dia 3 de janeiro, chegávamos ao Francês, de carro cheio – nossa amiga Cíntia também foi conosco. Quase ao mesmo tempo, chegaram nossos amigos de Belém: Alcides, a então namorada Janaína e o irmão Ravi. Adoramos a casa que alugáramos por uma semana: uma suíte no andar superior, uma no inferior e mais um quarto bem grande; uma ampla varanda em L contornava a casa, com uma churrasqueira ao extremo; uma piscina na lateral norte da varanda e uma quadra de vôlei na lateral leste.

Foi realmente uma de nossas melhores viagens. Altíssimo astral, todos animados, alegres, na maior harmonia! Basta ver as fotos para identificar esse clima: em *todas* elas estamos *todos* sorrindo espontaneamente, com aquele ar leve de felicidade.

Do Francês, seguimos para Maragogi, onde ficamos por três dias, e dali para Gaibu, já no Pernambuco. Estávamos tão envolvidos em nossa própria alegria e na sintonia do grupo que, mesmo tendo chegado ali por volta do meio-dia, apenas à noite, sentados nas mesinhas da área externa de nossa pousada, nos demos conta de que nos hospedáramos numa... pousada *gay*! Chamava-se Europe Club e tinha um pedacinho de arco-íris num canto da placa da fachada. Rimos muito de nossa distração!

Foi em Gaibu que me senti feliz por você me contar, quando ficamos por mais de meia hora pegando jacarés sozinhos no mar, a experiência ímpar que você e Ágata haviam vivenciado, ainda no Francês.

Em fevereiro de 2005, outra viagem marcante: como seu irmão mal completara seu primeiro aninho, Kátia ficou com ele em Brasília, e fomos, apenas nós dois, para nossa primeira viagem "de verdade" de moto. Partimos num sábado de carnaval, por volta do meio-dia, com o propósito de cumprir trechos de até 400 quilômetros por dia. Nosso primeiro pernoite se deu em Catalão, onde comemos uma pizza enquanto assistíamos ao movimento do carnaval; o segundo, em Santa Rita do Passa Quatro, cidadezinha bonita e agradável, na qual acompanhamos os festejos – bem mais animados e familiares que os de Catalão – na praça central.

Na manhã seguinte, saímos para um passeio pelas redondezas, com o objetivo de visitar uma cachoeira e outra atração turística local: o mais antigo Jequitibá do Brasil, de 3.000 anos. Logo ao sair da cidade e pegar a estrada, vi que tinha deixado de tomar uma saída à direita. Parei a moto e olhei para trás, para me certificar. Eis que observo você chegando sem reduzir a velocidade, contemplando a paisagem à esquerda. Como minha moto ainda estava engatada, arranquei rapidamente para a direita, para o gramado ali existente – não havia acostamento –, um segundo antes de você passar zunindo ao meu lado. Teria sido trágico e irônico, trombarmos dessa forma na viagem!

Na terceira noite, chegamos a São Luiz do Paraitinga, entre a Via Dutra e o litoral paulista. Ali, segundo tinha lido, havia um carnaval de rua tradicional, inclusive com concurso de marchinhas. Chegamos por volta das 8h da noite e nos descobrimos numa cidade histórica, no meio da serra, entupida de gente e com a área central interditada para veículos, inclusive motos. Estacionamos, você ficou tomando conta das máquinas, e eu saí à procura de pousada. A cada "estamos lotados" que ouvia, crescia mais em mim o temor de não encontrarmos um local para pernoitarmos. Num hotelzinho do centro, o atendente sorriu ao dizer:

- Meu amigo, as reservas aqui, para o carnaval, já se esgotam em novembro.

Exauri as opções locais, voltei para onde você estava e lhe expus a situação. Nossas opções – retornar a Taubaté ou descer até Ubatuba – eram inviáveis, pois seria temerário viajar à noite numa estrada movimentada, mal sinalizada e antiga – tinha curvas de até 180 graus, de raio curtíssimo.

- A gente pode dormir nas motos. – Foi sua resposta, já deitado na sua, cabeça no **sissy bar**, pés no painel.

Cheguei a considerar sua sugestão. Mas, se dormíssemos longe da praça central, onde acontecia a festa, corríamos o risco de um assalto; se ficássemos próximos, haveria o barulho e a dificuldade até para urinar. Resolvi, então, rodar pela periferia da área central em busca de alguma alternativa. Achamos um quartinho de fundo de oficina e a casinha, ainda em obras, do pipoqueiro da cidade. Os locais eram sujos, com banheiro do lado externo, e não ofereciam roupa de cama e banho. O preço? Entre 100 e 150 reais era o absurdo que pediam.

- Vou fazer uma última tentativa – disse-lhe – no centro da cidade.

De novo caminhando pela área interditada, comecei a perguntar em qualquer farmácia ou padaria se sabiam de algum quartinho para alugar. Quando repeti a pergunta numa locadora de DVD, o atendente virou-se para trás e levantou uma placa que estava caída: "aluga-se quarto", dizia ela. Mais alguns minutos e era-me apresentado um barracão de fundos com quarto, banheiro e cozinha.

E tinha até tevê! Mal acreditei quando a proprietária pediu apenas 50 reais pelo pernoite.

Já eram 11h30 da noite quando terminamos de guardar nossas coisas e fomos curtir o carnaval, que se mostrou realmente especial, como eu pensava não mais existir. Da cidade, superlotada, via-se no alto da serra a estrada de acesso com o trânsito engarrafado por incontáveis ônibus oriundos de Taubaté e São José dos Campos. Traziam os foliões que seriam levados de volta pouco antes do amanhecer. É, tivemos sorte, afinal, pensei.

Na terça pela manhã seguimos para Trindade, praia na divisa entre Rio e São Paulo – um dos mais belos pedaços do nosso litoral – com predominância absoluta de jovens. Três dias depois, fomos para Ubatuba, badalada e um tanto quanto paulistana demais. Esses trajetos, feitos pela Rio-Santos, foram ponto alto da viagem. A estrada estava maravilhosa, sem nem mesmo remendos no asfalto, e o céu sempre azul contribuía para que desfrutássemos de paisagens lindas.

Mais três dias e começou nossa viagem de volta, com uma parada longa em Brotas, onde fizemos **rafting**, arborismo e rapel – este, apenas você –, além de visitar algumas cachoeiras. Foi em Brotas que você quase perdeu sua licença provisória para dirigir, ao dar uma volta no quarteirão sem capacete. O guarda que o abordou foi gente boa!

Já no caminho de casa, no penúltimo dia, parece que toda a chuva que não havíamos pegado durante a viagem resolveu cair de uma só vez. Um dilúvio, ao atravessarmos o Triângulo Mineiro! Em Uberaba, um verdadeiro rio de águas lamacentas surgiu próximo à obra de um viaduto. Passamos a longa fila, paramos e ficamos observando o exato local por onde os carros estavam passando, pois isso indicaria onde havia asfalto sem buracos. Afinal, ambos estávamos com motos estradeiras – Shadow e Vulcan –, totalmente inapropriadas a essas situações.

Um pouco adiante, outro "rio" atravessava outra obra, mas dessa vez era pior. Tínhamos de passar por um desvio não pavimentado, com piso irregular, e o nível da água estava alto. Apenas caminhões e caminhonetes se arriscavam e pulavam feito cabrito ao atravessarem o trecho. Enquanto observávamos a cena imaginando o que fazer, surgiu uma motociclista local numa Twister que nos tirou daquele impasse. Guiou-nos por ruazinhas da periferia em que estávamos até alcançar novamente a estrada, 1 ou 2 quilômetros adiante.

Mais dois dias de estrada – com direito a pernoite em Ipameri, onde nos surpreendeu a quantidade de moças bonitas – e chegamos a Brasília.

***

Outra viagem marcante, já em abril de 2006, foi Macchu Picchu. O trajeto foi cumprido de ônibus, trem e avião. A viagem em si foi marcante apenas para você, que a realizou com um amigo. Para mim, ficou registrada por ter sido a primeira vez que passávamos tantos dias sem contato telefônico e sem eu saber exatamente onde você se encontrava.

Já nossa viagem mais festejada foi a feita em janeiro de 2007, de moto, pelo Nordeste. Dias antes de partir, fomos entrevistados pela Rádio Nacional AM. Depois, tivemos a aventura noticiada na revista Motomax, de âmbito nacional, e no jornal No Mundo das Motos, de Brasília.

Além de nós três – eu, você e Kátia, grupo familiar que despertou o interesse da Rádio Nacional –, participaram da jornada Leomar e Geraldão, do nosso motoclube, e a amiga Isabel, de Cuiabá, que se revezou nas garupas – minha e sua – e se encarregou de fotografar a viagem.

Levamos 18 dias para chegar a Fortaleza, de onde retornamos de avião – as motos, de cegonha –, pois subimos o mapa lentamente, parando e conhecendo inúmeras pequenas cidades praianas pelo caminho, ao tempo em que evitávamos as capitais.

Graças a Leomar, que narrou a aventura em 53 páginas ilustradas, teremos registrados todos os detalhes da jornada pelo resto da vida.

35. E VOCÊ COMEÇA A SE AFASTAR...

Em 2005, durante uma greve da UnB, você fez sua primeira viagem solo, à Chapada dos Veadeiros, a 250 quilômetros de Brasília. Sua proposta era ir de carona, acampar por lá e passar 10 dias com apenas 100 reais, em São Jorge ou Alto Paraíso.

Senti o impacto inicial: "como assim, meu filhinho fazer tudo isso sozinho?". Depois, como de costume, tentei lembrar da minha juventude. Aos 16 anos, meu irmão e dois amigos, mochilas nas costas, pegaram a estrada, sem destino certo e sem dinheiro, viajando de carona. Nessa fase – entre 15 e 20 anos – eu acampei muito, e talvez não tenha feito uma viagem como a sua apenas porque, até 17, trabalhava, e a partir dos 18 namorava firme sua mãe. Que você fosse, então!

Apenas sugeri – e você acatou – que sua ida fosse de ônibus, pois carona na BR-020 seria difícil e perigosa. Já na volta, a maioria dos que estivessem saindo da Chapada viriam para Brasília, além de quase não haver marginais naquela região.

Depois de uma semana, você voltou. Ótima experiência. Teve de matar a fome com qualquer coisa – como pagava 5 reais por dia ao camping, sobravam apenas outros 5 reais para alimentação – e suportar a sede ao caminhar por quase 10 quilômetros entre São Jorge e Alto Paraíso. Numa estrada poeirenta, sob o sol forte de setembro, mochilão nas costas e com a umidade do ar em torno de 30%, teve que andar até conseguir a almejada carona.

Ao chegar em casa, você demonstrou ter subido um degrauzinho na escada da maturidade em apenas uma semana: sentiu o que é não ter dinheiro, teve que pedir favores a desconhecidos, trabalhou a troco de uma pizza e, o que mais nos surpreendeu, deixou de frescuras para comer. Pouco depois de adentrar nossa casa, você preparou um pratarrão do que sobrara do almoço. Serviu-se de tudo – inclusive legumes e partes de frango que você recusava – e achou tudo delicioso.

Foi uma viagenzinha simples, breve, próxima, mas que lhe proporcionou excelente experiência. Para mim, significou mais uma etapa no processo de desapego, de aceitação de que as asas do meu filhinho cresceram e que ele já começava a querer voar para outras paragens.

No apagar das luzes de 2005, mais um fato marcou outro passo nesse processo. Iríamos viajar no dia 28 de dezembro para Santa Catarina, onde passaríamos 20 dias. Como as aulas da UnB, graças à greve, seriam retomadas já no dia 8 de janeiro, você decidiu não ir. Além do longo período distante, aquele seria o primeiro réveillon que passaríamos separados.

Kátia, seu irmãozinho e Cesi já estavam no carro quando o abracei para me despedir. Ao entrar no carro, lágrimas escorriam por minha face.

O réveillon seguinte, passado na casa da amiga Virna, trouxe outra surpresa: você comunicou sua intenção de se mudar antes do reinício das aulas, em março. Houve o choque inicial, mas durante o mês de janeiro – quando viajamos de moto pelo Nordeste – fui me acostumando à ideia.

Com admiração por tê-lo visto poupar 70 mil reais em três anos, passei a ajudá-lo a encontrar uma quitinete nos moldes desejados por você e que fosse também um bom negócio. Uma boa oportunidade surgiu, e você adquiriu uma ótima kit de 33 metros quadrados num prédio novo, com piscina, vigilância eletrônica, ventilação cruzada, vista livre, garagem subterrânea e próxima à nossa casa.

Mobiliar essa kit levou quatro meses, e apenas em agosto sua mudança se concretizou. Nesse meio-tempo, você dormiu por lá em algumas oportunidades. Numa delas, o porteiro lhe ligou por meio do interfone para dizer que estavam reclamando do barulho. Logo imaginei que, mesmo antes de se mudar, a Existência já lhe dava uma lição: liberdade, na acepção mais estrita do termo, é algo muito limitado – isso soa um tanto paradoxal! – quando se vive em sociedade. Nossa verdadeira liberdade é a *liberdade de escolha*, e a maioria de nós acaba por aceitar determinadas regras de convívio social em troca do conforto proporcionado por esse convívio.

Você deve ter pensado, em certo momento, se não tinha *mais liberdade* quando morava conosco.

36. EPÍLOGO

Iniciei esta carta quando você tinha 18 anos e seu irmãozinho acabara de nascer. Concluí quando você já estava com 21 e acabava de se mudar para seu novo lar. Curiosamente, houve um marco inicial e, sem intenção, um marco final: termino ao mesmo tempo em que você rompe os resquícios do cordão umbilical que nos unia, dando início à sua vida independente.

De agora em diante, vou me acostumar a não saber onde você está, onde passou a noite, ou a que horas chegou. É uma sensação desconfortável, mas devo encará-la com naturalidade, pois é parte de um processo ordinário.

Resta a preocupação – e acho que, dessa, os pais nunca se livram – de que você tenha uma vida equilibrada, alcance sucesso – entenda-se satisfação, não necessariamente dinheiro – em sua vida profissional e também no aspecto afetivo, mantenha a integridade de caráter, a consideração pelo ser humano e a postura ética adquirida ao longo dos anos.

Foi uma viagem e tanto! Passamos por momentos de muita dor, de sofrimento que parecia interminável, mas também por outros de muita alegria, de sentimento de realização, de muito amor. Conseguimos fazer dos obstáculos degraus para o nosso crescimento, e das vicissitudes, fatores de fortalecimento do nosso espírito.

Agradeço a Deus por ter tido sua companhia nessa jornada. Em muitos momentos difíceis, você foi a motivação para que eu os enfrentasse. E foi por seu intermédio que aprendi a lição do amor, talvez a mais importante de todas as lições.

Hoje, novas viagens se iniciam em nossas vidas: você começa uma nova jornada, independente, em sua própria casa; eu tenho agora seu irmão, com 3 anos, para nos darmos as mãos e iniciarmos outra viagem – oh, meu Deus, que não tenha momentos tão duros como os que tivemos!

Desta vez, nossas viagens serão distintas, separadas. Mas estarei sempre torcendo e vibrando pelo seu sucesso.

Mande notícias!